囁き

夜逃げ若殿 捕物噺10

聖 龍人

時代小説

二見時代小説文庫

目次

悪魔の囁《ささや》き——夜逃げ若殿 捕物噺10

第一話　悪魔の囁《ささや》き

一

梅の香りが、全身をくすぐるようだった。

ここは、湯島天神《ゆしまてんじん》の境内《けいだい》。迷子石に向かって、若くて少々太り気味の女が手を合わせていた。

誰かが迷子になったのだろうか、と由布《ゆう》姫が呟《つぶや》いた。

曲がりくねった境内の道を歩いて本堂に向かいながらも、こんな世相を見ることができる。

春を思わせる風はまだ冷たいが、日溜まりは暖かい。

影を踏みながら、由布姫は少し足を止めて、一本の梅の木に手を伸ばした。

白梅の花が、八分咲きだ。

「いい香り」

花のそばに顔を近づけて呟いた。

本殿には、青臭い顔をした侍たちが、数人、たむろしていた。

おそらく、湯島で学んでいる若侍たちだろう。皆、一様に真剣な顔で拝んでいるのは、将来の出世でも祈っているのだろうか。

湯島天神は、学問の神様だ。それにあやかりたいと参拝する若侍は、多い。

「いいですねぇ」

にこにこしながら、由布姫が囁《ささや》く。

「なにがです？」

一緒にいる千太郎《せんたろう》が、鼻をくんくんさせながら訊《き》いた。

「若いお侍たちです」

「ほう」

「なんです、その意外そうな目つきは」

「いや、雪《ゆき》さんが若者好きだとは知らなかった」

由布姫は、普段は身分を隠している。

その真の姿は、将軍家御三卿《ごさんきょう》田安家《たやす》にゆかりのある姫なのである。

一緒にいる千太郎は、下総《しもうさ》、稲月《いなづき》藩三万五千石のれっきとした若殿である。

境内を包む梅の香りを気持ちよさそうに吸っているふたりは、許嫁《いいなずけ》同士である。

だが、祝言《しゅうげん》を前にして、千太郎は屋敷から夜逃げをするぞ、と飛び出した。

祝言を挙げてしまったら、江戸の町を気楽に歩くことはできない。そうなる前に、市井《しせい》の人たちの心の機微などを知っておきたい。そうすれば、国許を支配する役にも立つだろう、と。

しかし、それは立前《たてまえ》。なに、本当はまだ祝言など挙げたくないのが裏の気持ちなのではないか、と老家臣、佐原源兵衛《さはらげんべえ》などは読んでいる。

源兵衛は、夜逃げをすると宣言して屋敷を抜け出した千太郎を探させるため、息子の市之丞《いちのじょう》を向かわせたが、なかなか居場所はつかめず、さらに、ようやく上野山下《うえのやました》にある、片岡屋《かたおか》という書画骨董などを扱っているところに居候していた千太郎を探し当てたというのに、連れ戻すことができずにいる。

一方、由布姫も家臣からは、元気の良すぎるじゃじゃ馬姫として知られ、ある商家の娘、雪と名乗り、お供に腰元の志津《しづ》を連れて、芝居見物をしたり、舟遊びやら、虫聴きなど江戸の暮らしを満喫しているのだった。

そして、ある事件をきっかけにふたりは出会った。

最初は、お互いの身分は知らずにいたのだが、やがて、相手の正体に気がついた。といって、ふたりの正体を大っぴらにするわけにはいかない。それでもふたりになったときだけは、お互いの身分を知った上での応対をしているのだった。

今日、湯島天神に来たのは、由布姫が天神様へお参りにでも行きましょう、と片岡屋に迎えに来たからだった。

湯島天神の境内は、梅で知られる。ちょうど梅見の頃合いだから、と由布姫が千太郎を連れ出したのである。

片岡屋を訪ねた弥市《やいち》は、千太郎は留守だと店の主人、治右衛門《はるえもん》にいわれて、湯島に向かっていた。

山之宿《やまのしゆく》の親分として、近頃めっきり顔を広げている、十手《じって》持ちである。

その顔は四角く、いかにも頑固親父という雰囲気だが、どうしてけっこう人情にも篤《あつ》いと、縄張り内では人気者になっている。

千太郎には事件探索の才があると知ってから、なにかと片岡屋を訪ねては、

「事件の眼目《がんもく》はどこか教えてくれませんかねぇ」

などと、頭を下げるふりをして、じつは手柄をあげようとしている。

それには千太郎も気がついているのだが、別に不服もいわずに、

「退屈しのぎだ」

とばかりに、弥市を手伝う。

また、由布姫も雪として千太郎と一緒に力を貸す。

いまでは、怪しい事件は弥市親分のところへ、と評判のご用聞きに出世しているのだった。

今日も、千太郎を訪ねたのは、事件といっていいかどうかはわからぬが、

「こんなわけのわからん話は千太郎さんが一番だ」

とばかりに、相談に訪れていたのである。

青い春の空を仰ぎながら、十手を懐に隠しているが、

「これはこれは、山之宿の親分さん」

と、上野広小路を歩いていると、あちこちから声をかけられる。

したがって、十手を隠したところで、意味はない。だが、声をかけられると同時に、袖は、膨らんでいく。大店《おおだな》は自分のところがよけいな揉め事に関わらないようにと、そっと金子《きんす》を忍ばせるからだ。

いま、湯島に向かっていたのは、近頃、弥市と懇意な商家の若旦那が祝言を挙げると喜んでいたのだが、そのお披露目《ひろめ》のときに事件が起きてしまったからである。

店は、上野広小路にある薬種問屋、相模屋《さがみ》。

跡取りが健太郎《けんたろう》。妻になるのは、加代《かよ》といって、相模屋の主人、富之助《とみのすけ》の親戚筋に紹介された娘であり、身元はしっかりしていた。

加代を紹介するお披露目の会が開かれたのだが、そのとき中庭で見知らぬ男が怪我をしているのが見つかったのである。

店の者たちは、顔を見たことはないと答え、相模屋富之助も健太郎も、加代も初めて見る顔だと首を傾げるだけだった。

怪我人をそのままにしておくわけにもいかず、相模屋では弥市を呼んで、

「親分の力でなんとかしてください」

と頼み込んだのである。

「こんな祝いの席でけちをつけられて困っています」

困惑した顔で、富之助は頭を下げたのだった。

「本当に誰も知らねぇ顔なのかい」

呼ばれたときに、弥市はその場にいる全員に尋ねたのだが、ひとりとして、男の正

体を申し出た者はいなかった。

倒れている男は、誰かに頭を叩かれたのだろう、後頭部から血が流れていた。そのすぐそばに石が落ちていたから、

「これが凶器らしい……」

手に取って、弥市は石と怪我の場所を比較すると、一致したのである。

「それほど重くもねぇ。これは女でも扱える大きさだな」

呟きが聴こえると、

「女がやったと？」

富之助が、驚き顔をする。

「いや、そうと決まったわけじゃねぇ」

決めつけるのは早い、と弥市は答えた。

「いずれにしても、けちがつきました。ここで、お開きにいたします」

と招待客たちに告げて、富之助は健太郎と加代を家のなかに戻した。ふたりにとばっちりがきたら、とんでもないことになる。

「親分……」

富之助が近づき、手を伸ばした。

「これで、ひとつよしなに」

「……………」

袖のなかに富之助の手が伸びた。おひねりが袖を重くする。あまり大っぴらにしないでくれ、という謎と、早く解決してくれ、という要求だろう。

弥市は、大仰《おおぎょう》に頷いた。

次にやることは、怪我の男の身元を調べることだった。弥市は、男が印半纏《しるしばんてん》を着ているところに目を向けた。

半纏の印は、○に三と書かれている。まるさんとでも読むのだろうか。

誰かこの印を知っている者がいないか、店の者に訪ねると、女中が知っていると申し出た。

訊くと、両国に錺《かざり》職人をまとめている人がいて、そこの職人たちが着ているというのである。

その男の名は、三五郎《さんごろう》というらしい。

「それで、○に三か……」

得心顔で、弥市は頷いた。

「そこの職人かどうか、確かめてみるか……」

ひとりごちながら、弥市は相模屋から離れた。

三五郎の住まいは、両国橋の東詰め。回向院《えこういん》からさらに、竪川《たてかわ》へ向かう途中の長屋であった。

四十過ぎだが、三五郎は錺職人として現役だ、と弥市に答える威勢の良い職人だった。腹をでっぷりさせながら弥市が持ち込んだ印半纏を見ると、

「確かに、これはうちのやつだ」

頷いた。

「誰が着ているかわかるかい？」

すぐ自身番に連絡して、怪我の男を医者に連れて行き、その際に半纏を脱がせて、持ってきたのだ。

ひっくり返したり、袖を見たりしているうちに、

「これは、留次郎《とめじろう》のだな」

三五郎は頷く。

「留次郎？」

「まちげぇねぇ。この袖の擦れ具合は、留次郎のだ」

「どんな男だ」

「物静かな野郎です。あっしと違ってね」

ふふっと笑いながら、三五郎は続ける。

「たしか、府中とかそちらから出てきたという話を聞いたことがありますがねぇ」

「府中？　甲州街道の府中かい」

「そうです。大國魂《おおくにたま》神社の夜祭がすばらしいなどと聞いたことがありますから」

「あぁ……あれはすごいらしいな」

大國魂神社は、甲州街道沿いにある。

「生まれた家はまだあるのかい」

「いえ、あの野郎は孤児だったと自分でいってます。育ったのは府中の高明寺《こうみようじ》という寺です」

あの人のところへ行ってみるか、と弥市は立ち上がり、向かったのが上野山下にある片岡屋だったのである。

怪我人の身元は割れたものの、誰が襲ったのか、それについてはまったく見当はついていない。中庭には誰もいなかったはずだ。客は大広間から誰も出ていないし、店の奉公人たちも宴会のほうで働いていた。

つまり、誰もそのときに中庭に行った者はいないのだ。

となると、外部の犯行ということになる。

しかし、留次郎がどこからどうやって入ってきたのか、それを示す跡は残っていない。

「こんなわけのわからねぇ話は、あの人に訊くしかねぇ」

そう考えた弥市は片岡屋を訪ね、そしていま湯島天神に向かっていたのである。

「おやぁ？」

湯島天神の境内から見える、男坂《おとこざか》をひょこひょこと登ってくる姿を千太郎は認めて、

「あれは、弥市親分だな」

おや？　という目で由布姫も坂に目を向ける。

「こんなところまで。見廻りでしょうか」

「いや、お寺社と町方は管轄が異なるから、用は私たちらしい」

にやにやしながら、千太郎が手を振る。

坂下から、ようやく境内に足を踏み入れた弥市は、ちょっと頭を下げながら、

「お邪魔さまでございます」

千太郎と由布姫を交互に見つめる。

「親分、お参りかな？」

「あっしにそんな殊勝な心掛けがあると思いますかい？」

「ないな」

「ですよねぇ」

「真昼間から盗人でも出たかな」

「盗人は出てませんが、怪我人が出ました」

「親分の大事な人かな？」

「まぁ、そんなところです」

「なるほど」

弥市は境内を見まわしながら、鼻をうごめかせると、

「梅というのはこんな匂いがするんですねぇ」

「親分の鼻が利くのは事件だけではないのですね。安心しました」

にこにこしながら、由布姫が弥市の顔を見た。

「あ……まぁ、そんな風流とは関係ねぇ顔をしてますからねぇ、あっしは」

「いえ、そういうことではないですよ」

ふたりの会話に、わははははと千太郎は口を開きながら、

「で、怪我人とは？」

「へぇ……じつは」

弥市は、相模屋の中庭で起きたおかしな事件のあらましを語る。

じっと聞いていた千太郎は、ふんふんと頷きながら、

「それは、また面白い」

「千太郎の旦那にそういわれると、頼もしいですねぇ」

「ほい、そうであるか」

「へぇ、出張《でば》っていただけますかい？」

由布姫の顔色を窺いながら、弥市はとんとんと自分の肩を叩いた。反対されたらまずいなぁ、という気持ちがそんな仕種《しぐさ》に現れている。だが、由布姫は別に千太郎を止めようとする態度は取らなかった。

二

内藤新宿《ないとうしんじゆく》は、人と同じくらい馬車が通っていた。

千太郎は、弥市と太宗寺《たいそうじ》の前を歩いていく。街道沿いにあるその寺は、江戸六地蔵のひとつ金銅大地蔵尊が大きな笠を被って座っていた。地蔵の傍らには閻魔《えんま》堂があり、そのなかでは、閻魔大王が睨んでいる。

甲州街道、第一の宿場町、内藤新宿は、人の流れも多いが道行く姿がなんとなくのんびりしているのは、東海道とまた違った風情《ふぜい》だった。

「相変わらず、馬や牛の糞が汚ねぇなぁ」

ぶつぶつ不服をいいながら、弥市は千太郎の横に並ぶ。

「まぁ、そういうな。それを生業《なりわい》としている者たちが多く通るのだ」

「旦那は、ときどきそんなことをいいますねぇ」

「はて、そんなこととは?」

「庶民の生活を大事にするような言葉です」

「ほう……」

「ときどき、旦那がわからなくなります」

「ふむ」

弥市はふと目を細めて、

「陰では大変な盗人だということもありますねぇ。なにしろ働いているとは思えねぇのに、その立派な形《なり》がねぇ」

今日の千太郎は、白羽二重《はぶたえ》に紺の博多献上《はかたけんじょう》。草履《ぞうり》の鼻緒も西陣《にしじん》かと思えるほど凝っている。

普通の旗本や御家人では、とうてい着ることなど叶わない。そんな姿をあっさりと見せているのである。盗人ではないかと疑われても仕方がないのだ。

そういいながら、笑って十手をしごく弥市に、

「もし、本当に盗人であったら、どうする？」

千太郎は、懐手《ふところで》をしながら訊いた。

「もちろん、捕縛……しねぇな」

「それは助かる」

「その代わり、袖の下を貰って目こぼししながら、探索をいまと同じように手伝ってもらいますかねぇ」

「抜け目ないな」

「それが取り柄でして、へぇ」

たわいのない会話を交わしながら、ふたりは高井戸宿《たかいど》、布田宿《ふだ》と過ぎて府中宿へと入った。

片岡屋を出たのが、辰《たつ》の刻。いまは日暮れ前の空が甲州街道を照らしていた。

途中で千太郎が、ふと後ろを振り返った。

「どうしたんです？」

弥市が訊いた。

「ふむ、誰かにつけられているような気がした」

同じように弥市も振り返ってみたが、街道はいろんな人が歩いているために、はっきりと特定することはできない。

「気のせいじゃありませんかね」

「そうかもしれぬな」

「あっしたちをつけるような奴の心当たりでもありますかい？」

「……あるような、ないような」

「なんだか、わかりませんねぇ」

「まぁ、よい」

千太郎と弥市は、途中から杉が並ぶ道を進む。

大國魂神社へ続く参道だ。

街道から入ると、春風が急激に冷たく感じる。林のなかにあるためだろう。それまで、背中を張っていた旅人や参拝客たちは肩をすぼめて歩いている。ときどき吹く風はまだ冷たい。

「寒い……」

懐に手を入れて縮こまる千太郎を尻目に、弥市は気持ちがいいではないか、という顔つきで、足が速い。

大きな伽藍《がらん》が見えると、千太郎はほうと声をあげた。

これが大國魂神社か、という顔である。

「一度くらいは暗闇祭なるものを見たいものだな」

「旦那……わざわざ府中に来た目的を忘れちゃ困ります」

「なんであったかな」

「……本当に忘れたんですかい？」

「ばかなことをいうな。忘れるわけがあるまい」

「……旦那としゃべっていると頭が痛くなります」

「もう慣れたかと思っていたがなぁ」

「慣れません。慣れる気もありません」

さっさと先を歩きだした弥市に、後ろから千太郎は、待て待てと追いかける。

本殿の前に立った弥市を見て、お参りでもするのか、と待っていたが、どうやら道筋を探していたらしい。本殿を左に曲がって、路地に入っていく。

そこは、かすかに斜面になっていて、左側が小高い丘である。

「ここの奥だという話だったがなぁ」

千太郎に聴こえるように囁いた。

肩をすぼめている千太郎は、返事もせずにだまって弥市の後をついていくだけである。

目的の場所は、怪我をした留次郎が住んでいた寺である。

留次郎が錺職人として商品を納めていた親方、三五郎に訊いたところ、留次郎は府中の寺育ちだと判明していた。

寺といっても、小坊主として修行するためではない。もともと留次郎は孤児である。

高明寺の住職は、近所の孤児や迷子になって、そのまま住み着いた子どもたちを境内に小屋を建て、そこで育てているという話である。

洗濯物を干している女に高明寺の場所を訊くと、その坂を登った先だと教えてくれた。

だらだら坂を登りきった右手に、門構えも板塀も古びた寺があった。門の横に板切れにこうみょうじ、とひらがなで書かれている。

「ここにいる子どもが書いたんですかね」

笑みを浮かべている弥市は珍しい。

「親分は子どもが好きかな？」

「別に嫌いじゃありませんが、普段は面倒臭ぇと思いますがねぇ」

「なるほど」

「……旦那はそろそろですかい？」

「妊娠はできん」

「雪さんですよ」

「ばかを申せ。こんな会話をしているとばれたら、私の命はない。いや、先に親分が首を掻っ切られておるな」

「おっと、くわばらくわばら」

逃げるように弥市は、境内に飛び込んだ。

庫裏《くり》を探しながら、ふたりは広い境内を歩いた。

玉砂利が敷かれた境内は、きれいに掃除もされ、清潔な雰囲気に包まれていた。ここにも、梅の香りが漂ってくる。

ぶらぶらしていると、頭をくりくりにした小坊主が、箒《ほうき》を持って枯れ葉を集めているところにぶつかった。

その周りではふたりの子どもが、上半身裸になって、四つん這いになっている。相撲を取っているのだ。寺小屋の生徒だろうか、大勢の子どもがふたりを取り囲んで、息を呑んで見つめていた。

その熱気に思わず千太郎と弥市は、足を止めた。

ふたりはなかなか息が合わないのか、睨み合ったままである。

弥市は、そっとそこから離れて、箒を使っている小坊主に近づいた。小坊主は、弥市が岡っ引きだと気がついたのか、かすかに眉をひそめたが、

「ご用のおかたですね」

まだ十五歳に満たないと思えるのに、大人びた声で弥市を見つめる。町方が寺社に

入ってくることはあまりない。

「いや、すまねぇ……ちょっと訊きてぇことがあってな」

「答えられることと無理なことがあります」

木で鼻をくったような返答に、苦笑しながら、

「以前、こちらに留次郎さんというおかたが世話になっていたはずなんだが」

小坊主は、首を傾げて遠くを見つめる。

留次郎がいたのは、かなり前のことだ。おそらく知らないのだろう。知らない、と無下《むげ》にいわれるのか、と思っていたが、小坊主は、ちょっとお待ちください、と箒を持ったままそこから離れていった。

住職を呼びに行ったらしい。そのやりとりを見ていた千太郎は、

「なかなかしつけが行き届いている」

弥市のそばで囁いた。

すぐ小坊主は、顔をてかてかに光らせた、みるからに精力的な坊さんを伴ってきた。

ふたりの前に来ると、頭を下げて、

「安祥《あんしょう》です」

にこりと微笑んだ。精力的な顔つきに反して、爽やかな声である。

「留次郎のことを訊きたいということですが？」

そうだ、と弥市は答えたが、十手を出そうとはしない。懐に押し込んだままである。

「留次郎がなにか悪さでもいたしましたかな？」

「その逆です。怪我をさせられたのですが……」

弥市が、ていねいな言葉遣いで、一連の事件を語った。

じっと聞いていた安祥は、首を傾げて、

「そこの店のお嬢さんの名は？」

「加代というんだが、知ってるのかい？」

その名を聞いて、安祥は難しい顔つきになる。

「……いや、知りませんねぇ」

「知らねぇ？」

その顔には、知ってると書いてあった。だが、弥市はそれ以上突っ込まずに、

「そうですかい」

千太郎に目を送る。どうしたらいいかと目が問うていた。

ふむ、とかすかに頷いた千太郎は、

「留次郎と仲が良かった者は誰かな？」

「はい……」

手を擦るような仕種を取りながら、間《ま》を稼いでいる姿は、正直に答えていいものかどうか、逡巡《しゅんじゅん》しているように見えた。やはり、安祥は留次郎だけではなく、相模屋の嫁になるという加代のことも知っているに違いない。

そう睨んだ千太郎は、さっきまで相撲で遊んでいた子どもたちに目を送る。

すでに、勝負は決したのか、いまはにらめっこに移っている。

「あの子らに嘘つきだと思われたくなければ、正直に答えたほうがよいな」

気品があり、そのへんにいる浪人風情とは異なる千太郎のたたずまいに、安祥は、不思議そうな目つきをした。

「あのぉ……」

「なんだな」

「あなたさまは？」

「あぁ、申し遅れた。私は江戸、上野山下にある片岡屋という書画、骨董、古道具などを扱っている店の目利きである。なに、目利きというても、いい加減なもんだがな。だから、近所では、あいまい屋のばか殿さまなどと呼ぶ者がいるほどだ」

もちろん、それは嘘だった。

安祥の気持ちを落ち着かせるために、わざと戯言《ざれごと》をいったのである。

「そうですか」

本気にしたのかどうか、安祥はふぅと大きくため息をついた。

「教えてくれる気になったかな？」

静かな声で、千太郎が訊いた。

「……加代と留次郎は仲良しでした」

「ほう……」

「ですが、加代は途中からこの寺を去ったのです」

「というと？」

はい、と安祥は頷き、話を進める。

三

いまから七年前、加代は江戸の金持ちにもらわれていったというのである。加代には、留次郎とも仲が良かった、静《しず》という同じ歳の仲間がいた。

加代がもらわれていくと決まったとき、静の嘆きは尋常ではなかったらしい。

それでも、最後は快く送り出してくれた。

しかし、静は加代が寺を去っていったとともに、姿を消した、というのである。

「加代がもらわれていったのは、どこの誰なのだ」

「江戸、神田明神の近くにある海産物屋さんだったと思いますが……」

「海産物屋か……それは金を持っていそうだ」

うらやましそうな顔で、弥市が呟いた。

「では、加代とその静という女の子はばらばらになってしまったのかい」

「はい。それだけではありません。留次郎もそのとき、静と同じように消えました」

「消えたというのは？」

千太郎が、問う。

「はい。逃げたのでしょう。それまで仲が良かったふたりがいなくなったのですから、もう寺にいる理由はなくなったのかと」

「なるほど」

そのとき、留次郎は十四歳。加代と静は九歳だったという。近所の人たちと探してみたが、どこに行ったものか、ふたりとも見つからなかったというのだった。

「しかし、加代も留次郎も元気だったのは、なによりです」

「留次郎は元気じゃねぇよ」

「あ、そうでした……」

安祥は、苦笑しながら、

「ふたりに会いたいものですが、ここの仕事を放り出して行くわけにはいきませんからねぇ」

千太郎は、ならば誰か留次郎や加代を知っている者はいないか、と尋ねると、

「私の弟がいます。仁安《じんあん》といって、ここから少し行ったところで、按摩《あんま》をやっています」

「それは、一度揉んでもらおうかな」

冗談をいいながら、千太郎は仁安と会うことにした。

仁安は、頭を坊主のようにしているのかと思ったが、総髪にぎょろ目。一見強面《こわもて》の雰囲気を醸し出す男だった。

弥市は、按摩というから目が見えねぇのかと思った、と驚いている。確かに、按摩を職にするのは座頭《ざとう》が多い。

話してみると気さくな男で、

「留次郎や加代なら、よく遊んだ相手だ」

懐かしそうに笑みを浮かべた。その加代も留次郎も事件に巻き込まれている、と弥市が伝えると、

「それは、いかんなぁ。体が硬くなっているに違ぇねぇ」

自分が揉《も》んで柔らかくしてあげよう、と体を揉むような仕種をした。

では、ふたりと会いに江戸に行くかと問うと、それはありがたい、と喜んだ。

「もっとも、留次郎はまだ昏睡したままらしいがな」

「それも、この手で起こしてやる」

指先をグニュグニュさせて、豪快に笑いながら、

「ようするに、首実検ということか」

笑っている顔を引き締める。

「まぁ、そんなようなものだ」

弥市は、苦笑しながらも否定はしなかった。とはいえ、留次郎にしても加代にしても、府中を離れてすでに、七年の月日が過ぎているのだ。顔は変わっているかもしれない。

それでも、仁安は体に触れたらわかる、という。子どものときと、成長してからで

は、体つきも異なると思われるのだが、そんなことは気にしなくてもいい、と仁安は太鼓判を捺《お》した。


由布姫は、府中に行った千太郎の帰りを片岡屋で待っていた。

店には名のある絵画や、刀剣などを売りに来る。千太郎のそばにくっついているうち、それらを値踏みするだけの眼力もつけ始めて、片岡屋の主人、治右衛門を驚かせていた。

治右衛門にしても、千太郎や由布姫の本当の正体は知らない。もっとも、もし知ったとしても、

「あぁ、そうでしたか」

なんの驚きもなく、ただ流してしまうだろう。治右衛門はそんな男だ。

刀剣を探しに来た客が帰って、治右衛門が由布姫に語りかける。

「千太郎さんたちも、そろそろ江戸に戻ってくる頃ですね」

「どんな話を仕入れてくるのですかねぇ」

その言葉の奥には、ただ遊んでいるのではないか、という意味が含まれている。

「弥市親分が一緒ですから、まじめに聞き込みをしたと思いますよ」

「そうでしょうか」

「そういえば、さきほどどこかに行ってましたねぇ」

「千太郎さんに頼まれて、留次郎という人が目を覚ましたかどうか、確かめてきたのです」

「なるほど」

「でも、まだ気がついていませんでしたねぇ」

「可哀想に。まぁ、千太郎さんももうじき戻るでしょう」

府中から内藤新宿へ戻り、朝立ちをしてそろそろ山下に着く頃だと予測が立っていた。

それから、鎌倉時代の作だという野刀を売りに来た客と、珍しい唐から渡ってきた壺というものを売りにきた客が帰ったとき、弥市の大きな声が聞こえた。

千太郎の声も混じっているが、見慣れぬ声も入っている。

治右衛門は、千太郎たちの邪魔をしたらいけないと思ったか、奥に引っ込んでいった。入れ違いに、千太郎たちが片岡屋の前に着いた。

由布姫が外に出迎えにいくと、総髪の強面な顔が一緒だった。

「お帰りなさい」

ていねいにお辞儀をする由布姫の態度に、仁安は目をぱちぱちしながら、

「うわぁ、これはこれは、さすがに大江戸。娘も素晴らしい」

「あら……」

一度はにかんでから、不躾《ぶしつけ》な態度を取る仁安を睨みつけた。といってもその目は、半分笑みも含まれている。千太郎は、すすっと由布姫に寄って、耳元でなにやら囁いた。

由布姫の顔が赤くなった。

それを見て、また仁安が、やんややんや、早めの桜が咲いたなどと囃《はや》し立てる。

「旦那、いちゃついていねぇで、やることをやってくだせぇ」

弥市の言葉に、仁安は、わっはははと豪快に声を上げ、千太郎は、苦笑する。

「まぁ、まぁ、久しぶりなのだから、いいではないか」

「たった、一日ですよ」

「一日千秋《いちじつせんしゅう》という言葉を知らぬか」

「知りません」

さっさと離れに進んでいく弥市の後ろで、千太郎は由布姫と目を合わせて苦笑するしかなかった。

離れに入って、脇息《きょうそく》を引き寄せながら、千太郎はさて、と呟いた。由布姫が身を乗り出す。

仁安に、宿はどうするかと訊いた。

なにか事件に関わる話でも聞けるのかと思ったのだろう、由布姫はその台詞《せりふ》に、くすりと笑う。

当分の間、友人のところに居候するから宿は気にする必要はないと仁安は答えた。

頷いた千太郎は、留次郎の状態はどうか、と由布姫に尋ねる。相変わらずで、意識は戻っていない、と由布姫は答えた。

となると、誰が怪我をさせたのか、どこから入ったのか、本人から聞く術《すべ》はない。

「だけどその男が本当に留次郎かどうか、調べておいたほうがいいんじゃありませんか？」

弥市の言葉に仁安がそうしよう、と自分の肩を揉みながら、

「でも、今日でなくてもいいでしょう」

すぐに、知り合いのところに行きたい、というのだ。

「一時、江戸にいたことがありましてなぁ。その頃、なじみになった女がいて……へへっへ」

「なんだ、気持ちの悪い」

「今日はそこで、ちょいと、わっはは」

弥市は、早いほうがいいだろう、というが千太郎も、

「私は、やることがある」

「おや、それはどんなことで？」

「決まっておるではないか。雪さんといちゃつくのだ」

げらげら笑うと、弥市はちっと舌打ちをしてから、

「これじゃ、埒《らち》があかねぇ」

と口を尖らすが、千太郎にしても仁安にしても、いま江戸に戻ってきたばかりだから、と立ち上がる様子もない。弥市は諦めて、しょうがねぇ、留次郎の首実検は、明日だ、といって帰っていった。

それを潮《しお》に、仁安も、では私も、と自分で肩を揉みながら立ち上がり、

「留次郎と会うのは、明日でいいですかね？」

「では、明日の申《さる》の刻、ここにまた来てくれるかな」

「いいでしょう」

これから会う女のことでも考えているのか、にやにやしながら仁安も出ていった。

皆がいなくなると、千太郎はいきなり真面目な顔になると、由布姫に顔を向けて、

「姫……」

「はい」

「頼みがある」

「はい」

「じつは……そばに……」

はにかみと喜びを見せながら、由布姫は千太郎のそばに寄った。千太郎の口元が由布姫の耳に近づき……。

「まぁ……そんなことでしたか」

千太郎の囁きを聞いて、由布姫から落胆の声が漏れた。

「ほかになにがあると思うたのですかな」

「いえ、別に」

「そうであろうかなぁ」

「なにもありません」

「では、これは……」

そういうと、千太郎の腕が由布姫の肩に伸びた。

「あ……」

しばらくすると、由布姫は深川《ふかがわ》に向かっていた。

弥市の密偵として働いている徳之助《とくのすけ》という男を訪ねたのである。徳之助は、おかしな才能の持ち主で、どんな女でも籠絡《ろうらく》することができるという能力の持ち主なのである。

普段から、女が着るような派手な小袖で歩いたり、おかしな行動もするのだが、女を楽しませる力は、誰も真似はできない。

女がらみの事件は、徳之助に頼むのが一番だ、と千太郎は由布姫に言付《ことづ》けて、徳之助に頼んだことは、

「加代が江戸に来たときのことをつぶさに調べさせてくれ」

ということだったのである。

翌日、弥市と仁安のふたりは、留次郎が診療されている医師を訪ねていた。

「留次郎は、どこにいるんです？」

約束どおりに、申の刻、片岡屋に来た仁安を弥市が連れ出していた。

弥市は留次郎が世話になっているのは、そこのお成り街道の医者の家だ、と答えた。

人通りの多いお成り街道に出ると、仁安は珍しそうに、きょろきょろし始めた。

「江戸の娘さんはきれいな人が多いですなぁ」

「そうかい」

「あれ、親分さんは女嫌いですかね？」

「ばかなことをいうな」

「じゃ、女好き」

「……それは、ちょっと違うと思うぜ」

「おや、そうですか」

へらず口をききながら、仁安と弥市はお成り街道の真ん中あたりから、右側の路地を入っていった。

すぐそばに小さな広場があり、子どもたちが遊んでいる。鬼ごっこでもしているのだろうか。楽しそうな顔を見ながら、弥市は、ふと後ろを振り返ると、

「あれ？」

「どうしました？」

仁安が振り向くと、いきなり黒い影が吹っ飛んできた。近所で遊ぶ子どもが悪戯《いたずら》

でも仕掛けてきたのかと思ったが、そうではなかった。

きらりとなにかが光った。

「あぶねぇ！」

弥市が叫んだときには、すでに遅かった。

「わ！」

肩から、胸にかけて刃が通り過ぎていったのだ。

そばに寄った弥市は、浪人髷《まげ》の男が走り去っていく姿を見た。

「待てぇ！」

追いかけたが、路地から路地へと逃げまわり、曲がりくねった道からさらに路地へ、移動する。

「ちきしょー！」

土地勘があったのだろう、でなければ、あれほどすんなり道を選ぶことはできない。

弥市は、途中で諦めて、引き返した。仁安の体が心配である。

そばに戻ると、仁安は道端に倒れ込んでいる。命には、別状なかったようだ。

「大丈夫か」

「日頃の按摩が役に立ったなぁ」

そういいながら、手を揉む。

「冗談がいえるくれぇなら心配ねぇ」

「留次郎がいる医者の家とは近いんですかね」

「あぁ、すぐそこだ」

肩を貸して、弥市は仁安を抱え起こした。

「おめぇさん、江戸で恨みでもかっていたのかい」

弥市の問いに、仁安は唸りながら、

「そんなことがあるはずはない」

「じゃ、あれは……」

「ただの物取りとも思えん」

「あの襲い方は、おめぇさんを最初から狙っていたようだぜ」

「そうらしい」

だが、目的がわからん、と仁安は首を傾《かし》げるだけだった。

血の臭気が漂っている。

仁安は、気丈に冗談などを喋っているが、目に見えて体力が落ちていくのがわかる。

「もうすぐだ、しっかりしろ」

弥市は、励ましながら、仁安を近くのしもた屋に連れて行った。留次郎が診療されている医師玄生《げんしょう》の家だった。

四

訪いを乞うと、なかから若い女が出てきた。白い作業着を着ている。玄生の娘、千《ち》里《さと》である。

血を流している仁安を見ると、一度息を呑んで、弥市から体を預かり、肩を貸しながら奥に連れて行った。

廊下を進んで鉤《かぎ》型を曲がると、八畳の部屋だった。隅には小さな引き出しが並ぶ簞《たん》笥《す》が見えた。そこから傷薬を取り出して、千里は仁安の肩から胸にかけて塗りながら、

「親分さん、どうしたんです？」

「そこでいきなり襲われたんだ」

「留次郎さんと同じ事件ですか？」

「さぁ、それがよくわからねぇから困っている」

「親分さんでも、困ることがあるんですねぇ」

「おだてちゃいけねぇぜ」

そういいながらも、弥市はうれしそうである。

「頼みがあるんだが」

千里に、千太郎に仁安が襲われた事実を伝えたいから、使いを出してくれ、と頼んだ。

「では、となりの権太《ごんた》に行ってもらいましょう」

権太は、ときどき玄生や千里の手伝いをしている男だという。

とうとう仁安は、痛みに耐えかねたのか、気を失ってしまった。

千里はすかさず蒲団を敷き、仁安の体をその上に転がす。それをひとりでやったのだから、その手並みの良さに感心する。

「体の使い方を工夫すれば、重いものでも持てるのです」

「へぇ」

千里の気丈さに驚きながら、弥市はいう。

「これじゃぁ留次郎の面通《めんとう》しはできねぇなぁ」

「あら、留次郎さんなら、さっき気がつきましたよ」

「なんだって！」

驚く弥市に、でも、と千里は顔を沈ませて、

「自分の名前や、仕事はどんなことをしていたのか、覚えていないらしいのです」

「本当かい。ふりをしているんじゃねぇのかい」

「いいえ、そんなことはないと思います」

そこに、玄生が手を拭きながら部屋のなかに入ってきた。大根を二本ぶら下げている。金を払えない者が、そうやって品物を持ってくるのだそうだ。

眠っている仁安を見て、玄生はどうしたのだと問う。弥市の説明を聞きながら、物取りじゃなさそうだ、と頷き、

「ぶっそうな世の中になったものだ」

と呟いた。

そこに、言付けを聞いた千太郎がやってきた。走って来たのか、はぁはぁ荒い息を吐いている。水をいっぱいくれ、と千里に頼みながら、留次郎は生きているか、と訊いた。

「どうしてです？」

「殺し屋でも来てないか、と思ってな」

「はて、その心は？」

「……まぁ、いい。留次郎はどうしている」

千里が、弥市にしたときと同じ説明をすると、

「では、会おう」

「でも、自分が誰かも覚えていねぇってんですよ」

「いま思い出したかもしれんではないか」

「そんな都合のいいことがありますかねぇ」

「なければ、そうしたらいい」

「留次郎さんは、となりの部屋にいます」

千里が案内するといって立ち上がった。玄生は、治療をするのだろう部屋の奥に寝ている患者のそばに向かった。留次郎の件は、千里にまかせているようである。

留次郎の前に座った千太郎は、じっとにらめっこでもしているように、凝視《ぎょうし》した。

なんでしょう、という顔つきをする留次郎だったが、あまりにも千太郎が目をはずさないので、体を起こそうとした。

「いや、よい」

体に障《さわ》ると千太郎は、止めた。

「そのままでよいから、答えよ」

はい、と留次郎は頷いた。

「お前は、加代という女を知っているかな?」

「さぁ、まるで覚えがありませんが」

即答した留次郎に、そうかと答えて、千太郎は弥市に、帰るぞと促した。それで終わりかと、弥市は拍子抜けする。

だが千太郎は、ついて来いと立ち上がった。

どこに行くのかと問う弥市に、加代のところだ、と答えながら留次郎を見たが、留次郎の顔に変化はなかった。

最後にちらりと留次郎を見てから、千太郎は玄生のところから外に出た。すぐ、弥市が問いかける。

「どうしたんです?」

「なんとなく見えてきたことがある」

「といいますと?」

「留次郎は嘘をついている」

「なんのです?」

「自分を忘れたなどというのは嘘だ。加代の名前を出したら、即座に知らぬと答えた。

普通なら少しは考えてから、覚えてない、あるいは、知らない名前だ、と答えるはずだ」

「ははぁ……確かに、即答しましたねぇ」

「知ってる名だから、早く否定しようとしたに違いない。かえって墓穴《ぼけつ》を掘ったな」

「奴はなにを隠したかったんでしょう？」

「これから、それを確かめに行こう」


相模屋に行く途中、路地からついと姿を現した男がいた。手で千太郎を招いている。その顔を見て、千太郎はふむ、と頷き近づいた。

男は、徳之助である。

由布姫から千太郎の言付けを聞いた徳之助は、すぐ加代が育てられたという、神田の海産物屋に行ってみたが、店は倒れていまはなかった。周辺の聞き込みをしたところ、

「加代ちゃんは、最初は大人しかったけどねぇ。番頭の築次郎《つきじろう》さんが亡くなってから、ようやく元気が出たような雰囲気だったねぇ」

近所の長屋のおかみがそんなことをいった。

番頭となにか確執《かくしつ》があったのかと問うてみたが、それについての答えは出なかった。

次に、徳之助は加代が江戸に出てきた道を逆に辿ってみることにした。

途中でなにかあったなら、その痕跡として、噂なりなんなりが残っているかもしれない、と考えたからだった。

そこで、甲州街道の布田天神のあたりで、昔、十歳くらいの子どもが小高くなっている山の上から落ちてきたことがあったという話を聞くことができた。

街道筋で、子ども絡みの噂はそれだけであったが、徳之助は、これは当たりではないか、と膝を叩いたのである。

いつもはへらへらしている徳之助だが、このようなときの足は速い。これだけのことを一日で調べ上げて、さっそく、それを千太郎に伝えるべく、江戸に戻っていたのである。

結果を聞いた千太郎は、さらに徳之助に耳を貸せといって、なにやら、伝える。その内容に、徳之助は唇を嚙み締めながら、

「わかりますかねぇ」

「わかる、女の子が落ちたという場所をつぶさに調べよ」

合点《がってん》、と徳之助はふたたび、甲州街道に向かってひた走っていった。

戻ってきた千太郎に弥市は、徳之助になにをやらせているのか問うが、

「まぁ、後で後で」

はぐらかす千太郎であった。

相模屋に着くと、千太郎は、加代の身元を主人の富之助に尋ねた。

富之助は江戸育ちだが、元々は相模の出。その親戚の友人である神田明神下の海産物屋が、ある寺から女の子を預かった。それが加代だというのである。

そこの家は、加代をわが子同然に育てていたらしい。

富之助が息子健太郎の嫁を探していると、親類に話すと加代を紹介してくれたのだった。

どんな娘か会ってみようと、三ヶ月ほど見習いで働かせてみると、これがなかなかの器量よしである。

富之助も健太郎もすっかり気に入って、

「うちの嫁にふさわしい娘だ」

という話になったと、富之助は語った。

「加代がなにか？」

話し終わってから、どうしてそんなことを訊くのか、と不審な顔をして千太郎を見つめる。

千太郎と弥市は、富之助の話のなかで、加代は寺からもらわれてきた子だった、というところに注目する。

「親分、ちょっとこっちへ」

ふたりの会話を聞かれてはまずい、と富之助から離れた。

加代は留次郎と同じで、府中の安祥のところで育っていたのではないか？

だとしたら、留次郎と加代は顔見知りということになる。

「どうして加代は留次郎のことを知らない、と答えたのですかね」

弥市は首を捻る。

「おそらく、加代が留次郎を石で殴った張本人だからであろうな」

千太郎が答える。

「あぁ、あの石なら女でも持つことができる、と感じたのを思い出しました」

それにしても、と弥市は、十手をしごいて、

「どうして加代は留次郎を襲ったんでしょうねぇ？」

弥市の疑問はもっともだ。

安祥の話では留次郎と加代は仲が良かったらしい。長じて確執が生まれるほど、ふたりの間に行き来はなかったはずだ。

「加代がやったとは考えにくいですがねぇ」

首を傾げながら、弥市は千太郎の考えはどうか、という目を向ける。

「本人に訊いたほうが早いな」

見習いの頃の加代は、女中部屋で生活をしていたが、いまは敷地内の離れに部屋を与えられている。いまごろは、奥向きの仕事をしているはずだ、という富之助の言葉で店に向かった。


岡っ引きたちが富之助を訪ねて来たことに、加代は気がついている。

調理場の掃除をしているときだ。

親分たちの声が聞こえてから、気持ちは、千千《ちぢ》に乱れてしまった。

気持ちがそぞろになったのは、留次郎から連絡が来たときからだった。

近所の子どもが頼まれたから、といって結び文を持ってきたのは、いまから十日と少し前のこと。なんだろう、と読んでみて、加代は顔が青くなった。

それは、府中の高明寺にいた頃、仲良く一緒に暮らしていた留次郎からの文だった。

どうして、ここにいるとわかったのかと不審に感じたが、それについても、文に書かれていた。

錺職人の留次郎が、親方から頼まれた簪《かんざし》を作ることになった。どんなお嬢さんが使ってくれるのかと、親方に訊いたところ、相模屋に見習いで働く加代というお嬢さんだと聞いた。

普通ならそこで、話は終わるのだが、加代という名前にふと懐かしさを感じて、どんなお嬢さんかと尋ねたら、

「府中の寺で育ったらしい」

と教えてもらった、と書いてある。

こんな人が自分の息子の嫁になると、自慢したかったのだろう。

よけいなことを喋ってくれたものだ、と加代は思った。

もし、高明寺で一緒に育った加代だとしたら懐かしいから会いたい……。

文には、そう書かれていた。

いまさらという気持ちと、どうしても会いたくない事情があった。

無下に断るのもかえって怪しまれるだろう、あの頃とは顔も体も変わっているのだから、気にせずに、会えばいい。

自分にそう言い聞かせたのだった。

自分と健太郎のお披露目の会が開かれるあの日に呼んだのは、留次郎も人に紛《まぎ》れてしまうだろう、と考えたからだ。公《おおやけ》に訪ねて来られるのは、皆の手前はばかられる。よそで会うのは、もっと危険だ。どこで誰に見られているかわからない。健太郎との祝言を控える大事な身である。

あの日、裏庭から入ってくるように伝えて、枝折《しお》り戸を開いて入ってきた男は、まさに、府中の高明寺で一緒に育った留次郎だった。

「やぁ……加代さん……？」

そこで、留次郎は声を止めた。

――留さんは気がついた！

とっさに、加代は留次郎の後ろに回り込み、地面から石を拾うと思いっきり留次郎の頭に殴りつけていた。

自分で取った行動に、我を忘れてそのまま逃げ出した。

後のことは考えていなかった。

――あの日のことが、ばれたのかしら……。

弥市親分たちの声が聞こえたときに、知らぬ存ぜぬで通さねば、と心に決めた。

それができるだろうか?

おそらく、あのことまではばれていないはず。留次郎さんを呼び入れ、石で頭を殴ったのは、事実……。

「そうするしかなかった……」

自分に言い聞かせようとするが、いまでも、忸怩《じくじ》たる思いは残っている。

仁安さんの口を封じなければならない、と思ったのは、弥市という山之宿の親分が、府中に行くと知ったからだ。いつかは、そんなときがあるだろうと思っていたが、それを知ったときには心が震えた。

知ったのは、偶然である。廊下を通りすがりに、富之助と健太郎の声が聞こえてきたのである。

どうして親分さんたちは、加代が育った寺を尋ねるのか、と富之助は心配している。健太郎は、念のためでしょう、とまるで心配はしてないふうであった。

だが、加代は寺に行かれては困る。中止にするには、どうしたらいいのだろう。考えたあげく、浮かんだ顔が浪人、栗林丹三郎《くりばやしたんざぶろう》であった。

丹三郎と健太郎は、近所の居酒屋で飲み仲間である。ときどき、店にも来ていたので、加代とは顔なじみである。それに、丹三郎は加代に懸想《けそう》している様子も窺えた。

それを利用しよう、と策を練った。

三人で居酒屋に行くわけにはいかないが、加代は健太郎に梅見に行きたいと申し出た。用心棒として丹三郎さんがいたら頼もしいのではないか、と誘いをかけた。

ただの梅見なら行きそうにないが、その後、料理屋で食事でも、という加代の言葉はふたりを動かした。

健太郎が厠《かわや》に行っている間に、府中に行ってふたりがなにを探っているのか、調べてきてほしい、と頼んだのである。

「その理由は？」

「私でも、恥ずかしい子どもの頃があるのですよ」

科《しな》を作ってせいぜい媚《こ》びて見せた。

鼻の下を伸ばした丹三郎は、ふたつ返事で加代の頼みを聞いた。金に目が眩んだだけではないだろう。恩を売っていたら、あとでいい目が見られるとでも踏んだに違いない。

府中に行くと、弥市たちより先に戻ってきて、仁安が面通しをするために来る、と聞いた加代は、丹三郎に仁安を斬るように頼んだのだった。

幸いに、丹三郎は弥市親分たちがどんな話を聞き込んできたのか、そこまでは知らないようであった。

五

台所で掃除をしていた加代は、千太郎たちをにこやかに迎えた。

その姿に、微笑みを返した千太郎だったが、すぐ厳しい顔つきに戻る。

「加代さんといったな」

声は静かだが、そのなかに凛《りん》とした威厳がある千太郎に、加代は思わず頭を下げた。

「はい……」

「例の中庭で怪我をした男だが」

「はい」

「やっと、気がついたぞ」

「あ……それは、よかったですねぇ」

「だが、自分のことを覚えていないというのだ」

「それは？　つまり……」

「そうだ、あのときのことはまったく覚えていないというのだが、どう思う」

「さぁ、私は関わりになるな、と健太郎さまに申し付けられていますので、なるべく考えないようにしておりました」

「そうであったか」

千太郎は追及をさらに続ける。

「ところで、あの者の名前は留次郎というのだが」

「いつぞやも、親分さんにお答えしたと思いますが、まったく知らない人です」

「一度も、見たことはないと？」

「そのとおりでございます」

そばで聞いていた富之助がお武家さま、と声をかけた。なんだ、という顔で、千太郎は富之助を見つめる。

「あのぉ、これはどのようなお調べでございましょうか」

その問いに、千太郎は一度、富之助を見てから、

「加代が留次郎を知っているという疑いがある。それを確認したいのだ」

「まさか、そんなことはありますまい」

「よけいな口出しは無用」

挨拶を交わしたときとは、まるで異なる強い言葉に、富之助は思わず首をすくめた。

弥市は健太郎に質問をしたいと申し出たが、千太郎が止めた。怪訝な目の弥市に、
千太郎は帰ろうと、ここでもあっさり踵《きびす》を返した。

「仁安という男を知っておるかな？」

さぁ、と加代は首を傾げる。

今度は、千太郎もそうか、とそれ以上は追及しなかった。


千太郎たちの姿が消えると、加代は忙しいから、と富之助の前から辞して、台所に戻った。賄《まかな》いの女中が、竈《かまど》に火を熾《おこ》している。普段なら薪などを運ぶのだが、ちょっと、出かけてきます、といって裏口から外に出た。

先に千太郎と弥市の背中が見えている。

ちらっとふたりを確認してから、加代はちょっと反対側に向かい、そばの長屋に入っていった。

井戸端近くの障子戸を静かに叩くと、なかから浪人が顔を出した。

「どうしたんです。見られたらまずい」

すぐなかへ、と浪人は加代を引き入れた。

「いまから、すぐ侍を斬ってください」

「それはいいのだが……健太郎さんはご存知かな？」

「教えていません。これも、内緒でお願いします」

「だがなぁ……」

「健太郎さんとは飲み仲間でしょう。お願いします」

「……いいでしょう。ですが……」

「なんです」

「今回は、お金よりいただきたいものがあります」

浪人の目は、淀んでいる。酒の飲み過ぎもあるのだろうが、それだけではない、と加代はすぐ気がついた。

弱みにつけこまれたのだ。

「いいでしょう。まずは、早く」

「約束です」

「早く！」

浪人は、戸を蹴立てるように、走り出た。

残された加代は、ふうと大きくため息をつき、周囲に誰もいないことを確認してから、相模屋に戻っていった。

加代がそんなことを画策していると知ってか知らずか、千太郎は普段より、ゆっくりした足取りで上野広小路を進んでいく。

大きな立て看板を出している呉服問屋の前を通り過ぎようとしたとき、

「私は、そこから曲がる。親分はそのまま片岡屋に向かってくれ」

「はぁ……」

理由がわからず、弥市は怪訝《けげん》な目を向けるが、わかりました、といってまっすぐ寛《かん》永《えい》寺《じ》の方向へ向かって、振り向いた。

囁いたとおり、千太郎は路地を曲がっていく。

さらに見ていると、千太郎が消えた角を、同じように浪人が曲がった。千太郎の後をつけているように見えた。いまにも刀の柄《つか》に手を添えそうで、その足取りは剣呑《けんのん》である。弥市は、一度進んだ道をゆっくりと引き返した。

路地を数間進んでから、いきなり千太郎は足を止めて、振り向いた。いましも、浪人が鯉口《こいぐち》を切ろうとしているところだった。

「やはりな……」

「気がついていたのか」

瞳が濁っている浪人は、柄にかけた手を下ろしながら、

「おぬしを斬らねばならぬ。別に意趣遺恨があるわけではないが、許されよ」

「許したくないな」

「……惚《とぼ》けたことを」

浪人は、ふたたび柄に手をかけると、鯉口を切ってすらりと刃を抜いた。

「仁安を襲ったのも、おぬしだな？　そうか……府中に行く途中で、誰かにつけられているような思いがしたのだが、それもおぬしか」

返事はなく、浪人は刀を抜いて下段に構えつつあった。

「なるほど、強そうだ。だが、私よりは弱そうだ。つまり、やめておいたほうがいいということをいいたいのだが、おそらく、聞かぬであろうな」

「なにをごちゃごちゃいうか」

「待て、待て、おぬしの名前を訊いておこう。私は、上野山下で書画、骨董などの目利きをしておる、千太郎と申す。姓は千、名は太郎。世の悪も目利きしておるぞ」

「武州浪人……栗林丹三郎」

「丹さんであるか」

減らず口を利きながら、千太郎も刀を抜いて青眼《せいがん》に構えた。

目を瞠《みは》る。

「く……」

腰の決まった千太郎の構えに、栗林は一瞬、目を瞠《みは》る。

そこで、怯《ひる》むような刺客では役に立たない、とばかりに、打って出た。下段から突きを入れてから、左右に刀を振り回しながら、進んできたのだ。大勢を相手にするには、有効な剣法だ。

だが、ひとりには不利になる。一度、見切られると、それまでだ。

おっとっとなどといかにもふらついた雰囲気を出しながらも、千太郎は、数歩下がり、後ろにあった板塀に背中を押し付けられそうになったふりをして、

「すりぁ！」

滑るような脚さばきで、横っ跳びになると、そのまま横胴を薙《な》いだ。栗林が振り回している刀が反対になった方向から斬りつけたから、たまらない。

「くそ……」

どうと音を立てながら、その場に倒れた。

「存外、簡単であったな」

加代は、店のなかで廊下を拭き掃除しながら、気が気ではなかった。栗林丹三郎は、

うまくあの侍を斬ることができただろうか？　いままでは失敗しているからなおさら不安である。

仁安が気がついたら、すぐ相模屋にやってくるだろう。まだ、全治するには十日以上はかかるだろう、と聞いているが、それも早まるかもしれない。それまでに、なんとか、逃げ切る手はないものか……。

「どうしたんだい？」

気の良さそうな目が微笑んでいた。

健太郎がそばに来たことすら気がつかないとは、よほど思い詰めていたらしい。

「どうかしたのかい？」

「いえ……」

「山之宿の親分が戻ってきて、話があるといってるんだけどねぇ」

「はい。行きましょう」

覚悟は決めた。これですべては、無に帰す……。

加代の顔つきは、戦場に向かう女武者のようであった。

「おう、待っていた、こちらへこちらへ」

富之助と健太郎の姿はない。呼ばれたのは加代ひとりだった。

機嫌の良い声で千太郎が、青白い顔をして入ってきた加代に声をかける。その屈託《くったく》のなさに、加代は思わず頰を緩めた。

「聞いて知っておると思うがな。私は、片岡屋というところで、書画、刀剣、骨董などの目利きをいたしておる、いたって平凡な男だから、あまり気にすることはない」

平凡だというわりには、その周囲は光が当たっているように見える。

前に座れといわれた加代は、ちょっとだけ斜め前に、うつむき加減で座った。

「ところで……加代さん」

相変わらず、千太郎の声は世間話をするようだ。

「はい」

加代は、頭を下げたまま返事を返した。

「加代……いやさ、お前は静さんだな？」

顔と目が倍になったように、弥市は驚いている。

「そうでなければ、平仄《ひょうそく》が合わぬのだ」

静かに加代は顔を上げた。悲哀のある目つきで、肯定も否定もしなかった。

「ちょっと、こんな話を作ってみたのだが、聞いてもらおう」

弥市が体を乗り出す。

「ある寺にふたりの少女が預けられていた。その寺には、男の子もいた。三人は仲良く成長していったのだが、途中で、ひとりの女の子が、金持ちの家にもらわれていくことになった」

そこまで喋って千太郎は、ふぅとため息をつく。

「その女の子を、加代という名だとしよう。そして、もうひとりは、静。加代がもらわれていく途中、静は途中まで一緒についていくことにした。名残り惜しさもあったのであろうなぁ」

「…………」

「そして、道中の間になにか事件が起きた」

「それは、なんです？」

口を挟んだ弥市に、まぁまぁ慌てるな、と手で制して、

「なにか事件が起きた。それがどんな揉め事だったのか、まだ、内容はできておらぬのだが、とにかくなにかが起きた。そこで、加代は亡くなったのか、それとも……」

また弥市は勢い込んで、

「殺されたんじゃねぇんですかい！」

「親分、慌てるなというに」

へぇ、と体を引いて、加代を見つめた。自分のことを話されているにもかかわらず、微動もしない。

千太郎は続ける。

「寺では、そのような事故が起きたとは思っていない。加代を追いかけていった静は戻ってこない。おそらく、加代と離れ離れになり、悲しくて寺からも出て行ったのだろう、と考えた」

加代は微動だにしない。

「最初は探したらしいが、その姿は見つからなかった。やがて、男の子も寺を出た。その子の名前を留次郎とでもしておこうか。加代と静は道中で入れ替わったのだが、その事実を知っている者はいない。静は、そのまま加代として、育った」

今度は弥市もじっと聞いている。

「寺の子どもをもらい受けたいといわれたとき、住職の安祥が選んだのは、加代だった。それに静は、嫉妬したのか、それとも……」

「違います!」

黙っていた加代が、顔をまっすぐ千太郎に向けて叫んだ。

「それは違います……あれは、事故でした……」

加代は、大きく息を吐いた。

「甲州街道に出てからのことです。迎えに来てくれたのは、これから行くお家の番頭さんの築次郎さんでした。そのかたと加代ちゃんは、歩いて行ったのですが、途中で駕籠《かご》に乗ったのです。それまで後をついていた私は、そこから引き返そうとしたのですが、なにか、胸騒ぎがしたのです。その頃、たちのよくない駕籠屋が横行していると聞いていたからです」

「ふむ」

「すると、案の定、駕籠は道をはずれていきます。私は、なんとかしようと思ったのですが、まだ幼き子どもでは、どうしたらいいのか、わかりません。ただ後をつけていくと、駕籠から加代ちゃんが降ろされ、近くにあった崖から突き落とされたのです」

「なんと……」

加代を助けようにも、助ける術《すべ》はない。一緒にいた築次郎は、傷を負って倒れている。静は、なんとか町の人に助けを求めようとしたそのとき、突然、悪魔の声が聴こえてきた。

いまなら、加代と入れ替わって自分が金持ちの家にもらわれていけるのではないか、そうしたら、寺を出ることができる。金持ちの娘として楽しく生きていくことができる……。

自分でも驚くような考えだった。

「まさか、そんなことを考えるとは、思ってもいなかったのですが」

とうとう、その悪魔の誘惑に負けてしまった。

崖に行ってみたら、加代の体が見えていた。助けを求めたら、なんとかなるかと思ったが、一度、誘惑に負けた心は元に戻らなかった。

そして、自分が加代として生きることを決めた。

「番頭の築次郎はどうしたんだい」

弥市が疑問を投げかけた。

「必死に口説きました。加代はもう助からない。だったら、私が加代の替わりになってもらわれていったほうが、養父も助かるのではないか、と。子どもの必死の訴えを番頭さんは、泣く泣くですが、聞き入れてくれました」

番頭の築次郎は、なんとか江戸まで戻ってくることはできたが、そのときの傷が元で、すぐ亡くなったという。

そこで、加代入れ替わりの真実を知っている者は、誰もいなくなった。

加代となった静は、その家で、すくすくと成長した。

そして、両親が亡くなると同時に、店は人の手に落ちた。加代は追い出されるような仕打ちを受けて、家を出ようとしているとき、相模屋に働きに出ることができた、というのだった。

六

加代、いや静の話が終わって、しばらくはしわぶきひとつ聞こえなくなった。静の告白がいかに衝撃を与えたかわかろうというものだった。

最初に声を出したのは、静だった。

「私が留次郎さんを後ろから殴りました」

「加代と入れ替わったことがばれるからだな」

千太郎の言葉に、小さく頷き、

「偽者といわれたら大変なことになると思いました。健太郎さんにも、そして富之助さまにも顔向けはできなくなります。私を信じてくれたふたりを裏切ることになってしまいます」

弥市は、十手を懐から取り出して、ふりふりさせている。本来なら十手を突きつけて、観念しろといいたいのだろうが、それをいわせぬ雰囲気がそこにはあった。

千太郎が、栗林丹三郎を使って仁安を襲わせた経緯《いきさつ》を問う。加代は、いまさらごまかしても仕方がないと、丹三郎は健太郎と仲が良かったことなどを語り、金を渡して、さらに最後は自分までも取引の種に使ったことを告白した。

「これで、私はすべてを話しました。ここに健太郎さんと富之助さまがいなかったのは幸いです。千太郎さまがそのように計らってくれたのですね」

ふむ、と千太郎は頷きながら、両手を差し出して、弥市から縄を受けようとする静に、

「まぁ、待て。お前はなにか勘違いをしておるぞ」

「はい？」

「留次郎は、加代などという女は覚えていないと申しておる。静などという女も同じだろう。なにしろ、自分のことも忘れてしまった、と申しておるのだからな」

「それは」

「とにかく話を最後まで聞け」

そういって、千太郎は、そろそろ来る頃だがなぁ、と首を伸ばした。

「誰がです？」

弥市はなにも聞かされていなかったのだろう、さっきから驚きの連続で、なんともいえぬ顔をしている。

そこに、健太郎が顔を出して、

「あのぉ……雪さまというかたが、娘を連れて千太郎さんを訪ねてまいっておりますが」

待っていた、ここに呼んでくれ、と千太郎は顔をほころばせた。

雪が、娘の手を引いて、部屋のなかに入ってきた。

そのとき、静とその娘が顔を合わせて、大きな声で叫んだ。

「加代ちゃん！」

「静ちゃん！」

どうなっているんだい、と弥市は跳び上がりそうに腰を浮かして、

「生きていたのか！」

雪こと由布姫が、千太郎にいいつけられて、本物の加代を探していた、と笑っている。しかし、弥市は、どうやって探し出したのか、と怪訝な顔をする。すると、千太

郎は意外な言葉を吐いた。

「種を明かせば簡単なことだ。安祥は加代は一度も戻ってきていない、と答えていた。寺の生活を忘れることはない、といっていた加代が、戻ってこないのは、不思議なことだ、と安祥は呟いていた」

「へぇ、確かにそんなことをいってましたねぇ」

「同じく静も一度も戻ってきていない。そこで、ふたりはなんらかの理由で、顔を寺に出せなかったのではないか、と考えたまでのこと」

「それを調べたのは徳之助ですね？」

「まぁ、そういうことだ。雪さんに頼んで、ついでに徳之助にもな。女の子が落ちたという場所の周辺を探らせたのだ」

「ということは、最初から人が入れ違っていると考えていたんですかい？」

「まぁ、そういうことだ。もっとも、確信があったわけではない。いろいろ推量した上で仮説を立てると、それしか考えられないと思ったのだ」

「なんてことだい。あっしはどこを見ていたものやら」

本物の加代は、徳之助が見つけてきた。

高台から落ちた加代は、周りに生えている木の枝などに引っかかったために、一命は取り留めていたのだった。それを近所の農家が助け出し、自分の娘として育ててくれていた、というのである。

加代を騙《かた》っていたことを、静は土下座をしながら謝っている。すっかり、農家の匂いに包まれた加代は、最初こそ固い表情だったが、いまは、すっかり打ち解けた態度で、静の肩をとんとん叩いている。もう、過去はすべて忘れたと告げたいと思えた。本来なら、自分が行くはずだった神田明神の海産物屋。しかし、予期せぬ出来事で、このような右と左の暮らしになってしまった。

「私は気にしていません」

静に伝えようとしているのだった。

しかし、弥市は仁安を斬らせようとした疑いだ、と捕縄を出そうとしたとき、千太郎は手でそれを制する。

「仁安は按摩だから、一度、訴えを起こすかどうか聞いたらどうだろう」

「はぁ？」

「いや、按摩は揉み消すのが得意であろう？」

「なんです、それは」

「たまには、温情もいいものだぞ」

静が千太郎にお辞儀をしながら、

「私はいいのです。これで健太郎さんとの縁談は壊れることになるのが心残りですけど……」

そのとき、部屋になにかが飛び込んで来た。

健太郎であった。

「親分さん！」

「な、な、なんだい」

弥市の前に土下座しながら、健太郎は叫んでいる。

「お願いです！　仁安さんにお訊きしてください！　もしよろしければ、そのままご赦免《しゃめん》をお願いいたします。親分、このとおりです」

「そうそう、簡単にはいかねぇ」

健太郎の言葉を弥市は切り捨てた。だが、土下座をしたのは、健太郎だけではなかった。続いて部屋に入ってきたのは富之助だった。

親分！　とふたりは泣きついているのだ。

それを見て、千太郎はにやにやし、加代もにこにこ、そして、当の静は困惑と喜びと、涙で顔はくしゃくしゃである。

「弥市親分さん……」

静かな声が弥市の耳に届いた。由布姫である。

「しょうがねぇなぁ」

呟くと、すぐさま健太郎は弥市の手を取り、大泣きしながら、ありがとうと繰り返す。となりで、富之助も同じように涙を堪えている。

「それほど、この女はおめぇさんたちにとって大事な人なのかい」

「もちろんです」

「この女は、嘘をついていたんだぜ」

「それは……すみません、話は陰で聞かせてもらいました。あれは出会い頭《がしら》の事故のようなものです。それをどうのこうのいうつもりはありません。大事なのは、いまです、いま、どうしているか、です」

涙を流しながら訴える健太郎の言葉は、弥市の気持ちを動かした。

由布姫は、健太郎さんは正直だと呟く。

「そこまでいわれちゃぁ仕方がねぇ。だがなぁ。あの栗林とかいう浪人を雇った事実は動かせねぇ。それだけは、勘弁するわけにはいかねぇなぁ」

そういいながらも、弥市は千太郎を見た。逃せる策があるかどうか、相談の目つきだった。

千太郎は、ふふふと笑い、栗林とは誰だ、と弥市に問う。

「はぁ？」

そういわれてみたら、例の戦いを弥市は陰で見ていたのだが、その後までは知らない。栗林は逃げてしまったのか、どうなのだ？

「でも、あのとき戦ったのは栗林とか、なんとか……」

「親分、私は稽古はしたが、喧嘩はしておらぬぞ」

「ううむ」

弥市は唸るしかない。

「でも、仁安は怪我をしています」

「だが、死んだわけではない。しっかり生きて、いまは、すでに千里さんの腰を揉んでやるなどと、ふざけたことを申しているらしいぞ」

「ううむ」

「では、これまでであるな」

断言した千太郎に、由布姫は微笑んだ。健太郎が静を見ると、加代が、由布姫の前に進み出た。

「雪さん、ありがとうございました。静さんや留次郎さん。こんないいお仲間と幼き頃から一緒に育つことができたことを誇りに思います……静さん」

「はい」

「幸せになってください」

「………」

静は言葉が出ない。加代は続ける。

「ご心配なく、私にも大事な人がいるのですよ。もう少ししたら、私もそのかたと一緒になるのです。名前を、友助《ともすけ》さんといいます。私が作った野菜を買ってくれる八百屋さんです。いまはまだ行商ですが、将来は必ず、私のために表店《おもてだな》を出してくれると約束してくれたんですよ」

静は、崩れ落ちて泣いている。健太郎は、うんうんと涙を拭いている。富之助は、それはよかった、と小さく呟いている。

七

ようやくその場が、落ちつく気配になり始めた。

千太郎は由布姫に声をかけた。弥市親分の採決はなかなか粋《いき》なものではないか、と褒《ほ》めたのだ。弥市は、普段とは異なった顔つきで、にやにやしながら、こんなときもある、と呟く。

とりあえず、仁安の件は、なかったことにするらしい。

本当のところをいうと、仁安にはそんな話はしていない。だが、嘘も方便である。

「これで、全て丸く収まる」

加代と静は仲良く幼き頃の昔話を交わしている。

その姿を健太郎と、富之助はにこやかに聞き入っている。ときどき、笑い声も出ていた。

「さて、親分、戻ろうか」

「しょうがねぇなぁ。また千太郎の旦那に騙された気分でさぁ」

「騙したとは、人聞きの悪い」

「そうですよ、これが一番、いい終わりかたなのですから。それをお裁きしたのは、親分ではありませんか。これで、山之宿の親分の名前はますますあちこちで評判になること請け合いますよ」

由布姫が親分を持ち上げる。

「そうですかねぇ」

本当はまだ腑に落ちていないところもありそうだが、皆が喜んでいる姿を見て、一応の得心はしている弥市だった。

第二話　小紋の秘密

一

春の風邪《かぜ》が片岡屋の治右衛門を倒した。

普段はこの世などまったく面白くもない、というような顔をしているが、熱にうなされて、ますます下らぬ世の中だ、とでもいいたそうな、嫌な目つきで周りを見ている。

使用人のなかには、そんな治右衛門のそばには行きたくないと、水を持ってきてくれといわれても、お互い押しつけあう。喉の渇きを癒すだけでも大変なことになっている。

しかし、そんな店の内実など、自分にはまったく関わりはない、とばかりに千太郎は今日も、静かに帳場の前で客が持ってきた、刀剣の目利きをしている。

「ふむ」

いま、身分を隠した旗本だろうと思える侍が持ってきたのは、備前長政《びぜんながまさ》だという剣である。

唸っているだけで、なかなか千太郎は答えを出そうとしない。

それが、本物といわれたら、なんとか売りつけようとしているのだが、その返事がないために、髭痕を青々とさせた、太り気味の侍はじれている。

「目利き殿」

「ふむ」

「いかがなのだ」

「ふむ」

「それではわからぬ。本物なのか偽物なのか」

「本当のことを申してよいのかな」

「もちろんである」

侍は最初から偽物だとは思っていない。

はじめから偽物だと思って持ち込む者はいない。ほとんどは、

「これは東照神君《とうしようしんくん》の時代から家にある家宝である」

などといって、高く売りつけようとする。

関ヶ原の戦いのときの戦利品だ、あるいは家康《いえやす》公から賜ったものだ、とそのいわれを、まるでその価値は富士のお山より高いものだ、といいたげに告げる者は後を絶たない。

だが、ほとんどは偽物なのである。そんなに本物の素晴らしい刀剣があちこちに出回っているわけがない。

青髭侍は、じりじりとしているのだろう、腰を浮かしたり、降ろしたりと落ち着きがない。

その態度からして、怪しい。自分でも、偽物かもしれないと思っているから、早くしてくれと要求しているのだ。

人間は嘘をつくときは、落ち着かないものだ。

それが、偽刀剣となると、さらにその徴候が深まると、千太郎は知っているから、わざと結論をいおうとしないのである。

このような客は、自分から、

「もうよい。ほかに持っていく!」

と言い出すのである。

その侍も、同じであった。

「ここの目利きは、腕利きだと聞いていたが、たいしたことはなさそうだ。もうよい。これで失礼する」

さっさと踵を返していった。

首の後ろは、汗でびっしょりである。それを見ただけで、

「自分から贋作《がんさく》だと認めたようなものではないか」

にやつきながら、千太郎は呟いた。

そこに、十手を呑んで懐をつっぱらかせた弥市が暖簾《のれん》を撥ね上げ、

「毎度！」

「旦那、いますかい？」

店に入ってきた。

唐桟《とうざん》の着物に、春らしい空色の帯を締めて、髷《まげ》を粋に曲げた姿は、いつもの弥市である。

自分では、小粋に決めていると思っているのだろうが、なにしろ面相がいけない。目はギョロ目に、四角い顔。これでさっきの侍のように、髭痕が青々としていたら、

閻魔大王である。

だが、千太郎はそんなことはいわない。

「親分、今日もまたいなせなものだな」

「……旦那、からかっちゃぁいけねぇ」

言葉とは裏腹に顔は嬉しそうだ。

「で、また事件かな？」

「まぁ、そんなわけでして……へへへ」

強面の顔が、こんなときだけ柔らかくなる。

「一応、話を聞いていただけませんかねぇ」

「離れはいかぬな」

「はて、なぜです」

「片岡屋が風邪でな。ばかな熱を出して寝込んでおるのだ」

「おや、それはいけません」

「そのせいで、雪さんも敬遠してしまっておる」

「それは、お寂しいですねぇ」

「そうなのだ」

「おや、近頃は、雪さんとの仲を隠そうとしません」

「かまくらだからな」

「はい？」

「雪のなか、だから、かまくらだ」

「ははぁ、それは、雪で作ったかまくらのことですかい」

「わかってくれたら、それでよい」

「面倒なお人だ」

「いいから、ちと外に行こう」


山下から上野広小路に向かって、ふたりは進んだ。

途中、東叡山寛永寺の屋根が、春光に照らされて、黒光りしている。緑の葉が色づき始めた木々の間から見える黒く高い屋根は、周辺を圧倒している。

上野のお山の周りも、冬とは異なり、買い物やら物見遊山の人出が多くなっている。もう少ししたら、花見でこの界隈はもっと賑わうことになる。

「そろそろ桃の節句ですねぇ」

「おや？　親分でもそんなことを気にするとは」

「なにをおっしゃいますか」

不服そうな声をする弥市に、

「どこかにお雛様でも飾るような隠し子でもいるのかな」

「冗談はやめてくだせぇ」

この時期になると、あちこちで春の陽気に浮かれた連中が、悪さをし始めるといいたいのだと弥市は言い訳をした。

「まぁ、良いではないか」

「なにがです。悪さをしていいことはありませんや」

「隠し子だ」

「ですから、いませんて」

「それは、残念」

「おおきなお世話です」

広小路を進んでいくと、三橋《みはし》のそばにある、料理屋に千太郎は足を踏み入れた。

店の前は、黒板塀で囲まれていて、入り口は木戸門になっている。

なかに入ると、踏み石が並んでいて、左右には人の背とほぼ同じくらいの高さを持つ樹木が植えられていた。

木々があまり高いと、空が見えない。

だが、そこは見上げると、上野の山や寛永寺の屋根、さらに、山の上に立つ清水観音堂までも遠望できる。

千太郎は、こんな店があったのか、と感心しながら、踏み石を進んでいった。

二

部屋は明るかった。天窓が明かり取りになっているのだ。

窓もよその店に比べて大きい。庭木が光を遮《さえぎ》っている暗さを取り返そうとしているようだった。

一度、千太郎は窓を開いて、外を見た。

「なにかあるんですかい?」

「いや……なんでもない」

「誰かにつけられたとか」

「親分、来てみろ」

そういって、千太郎が窓から身を乗り出して、目線で先を示していた。

「おやぁ？　あれは……」

「近頃、よく見る顔ではないか」

「南町の見廻り同心、片村《かたむら》さんです」

「なるほど、いつぞや永代橋《えいたいばし》が笑うと騒ぎになったときにしゃしゃり出てきた同心か」

「どうにも、最近、親を継いだせいか手柄を焦っている節《ふし》がありましてねぇ」

「そういえば、波平《なみへい》さんはどうした」

「……旦那。波村平四郎《なみむらへいしろう》さんでさぁ。名前を縮めるのは、勘弁してくださいよ」

波村平四郎は、弥市に手札を与えている南町の臨時廻り同心である。病弱のせいで、あまり活躍をしているとはいえないのだが、弥市が千太郎の助けを借りて、おかしな事件を解決するので、ことなきを得ているのだった。

「で、波平さんの体調はどうなのだ」

「……以前よりは、いいようです」

「それは、重畳《ちょうじょう》」

「お願いですから、縮めねぇでください」

「あはぁ」

「なんです、そのあはぁ、というのは」

「あぁ、とはぁを一緒にしたのだ」

弥市は呆れ顔をすると、このままでは、いつまで経っても埒が明かないと思ったか本題に入った。

「おかしな盗人がいましてね」

「ほう」

「別にふたつ名があるわけじゃありませんが」

「小者だな」

「そうなんです。確かに小者といってもいいでしょう」

「というと？」

「わりと簡単に捕まったのです」

「自分から捕まろうとしたとでもいうのかな？」

「そこまで馬鹿じゃねぇと思いますが、その野郎が潜り込んだ店との関わりはねぇかと調べました」

「さすがである」

「その盗人の名前は、次助《じすけ》っていうんですが、小紋の型彫り職人でした」

小袖の小紋を織るには、最初に型を彫る。次助はそれを専門にしていた、というのである。

「というと、なかなか器用だということになるわけだな」

「忍び入った五島屋《ごしま》という店があるのは、芳町《よしちょう》なんです。その店は次助が型彫りをした小紋の着物が届けられていると判明したんでさぁ」

「ほう、その謎は？　親分なら解けているのだろう？」

「小紋が柄《がら》となった小袖を取り返しにきたのではないか、と、まぁ、そんなことを推量してみたんですがね」

「いやいや、さすが弥市親分」

「からかっちゃいけませんて。その程度なら猿でも気がつきますよ」

「いやいや、それはないと思うぞ」

「まぁ、そんなことはどうでもいいですから、旦那の意見を聞かせてくださいよ」

ふむ、と懐手になって千太郎がなにかいおうとしたとき、

「ごめんください」

襖の向こうから女の声が聞こえた。

女中は、弥市の顔を見ると、これはこれは親分さん、と微笑みながら、

「ご注文はいかがいたしましょう」

千太郎を見つめて、いい男、と呟いた。大きな声でない。

このように、聞こえるか聞こえない声で、客を褒めるのはひとつの手なのだ。それだけで、たいていの客が喜ぶ。

千太郎は、にやりとしながら、同じように小さな声で、

「可愛いではないか……」

お返しをしたのであった。

女は、ふふっと頬を蠢《うごめ》かせながら、

「ようこそいらっしゃいました」

といいながら、注文を取っていった。

弥市は、次助があまりにも簡単に捕まったのが解《げ》せねぇ、という。小紋の柄つき小袖がほしかっただけなら、表立って、もう一度型から作り直したい、とでもいえば、戻してくれるのではないか、という。

「なるほどなぁ。職人として売り物にならぬ、とでもいえば、売るほうとしては、否《いな》やはあるまい」

「でげしょう?」

「だから、なにかほかに目的があるかもしれぬと？」

「さいでげす」

「親分……今日はどこぞの太鼓持ちのような口を利く」

「旦那と一緒にいますとねぇ、つい、同じようなことをしてしまいます」

「私は太鼓持ちなどになったことはない」

「いえ、ときどき人を食ったような語り口調になることですよ」

ふぅむ、と千太郎は唸りながら、

「まぁ、よい。その次助とやらがどんな過去を持っているのか、それから始めてみよう」

「へぇ、合点承知の助」

弥市は、ぽんと額を叩いた。

千太郎と弥市は、次助の過去を洗うことにした。

あっさり捕まったのは、奴のまぬけぶりを見せているだけだろうが、どうして、小紋を納めた店を狙ったのか。

次助はそんな馬鹿なことをやるような男には見えない、と周囲の聞き込みでは、皆一様に不思議がっているからでもある。

職人としての腕も悪くはない。

手初めに、ふたりは次助の親方を訪ねた。根津《ねづ》に住む、源十《げんじゅう》という名で、今年四十五歳になる。

千太郎と弥市は、この源十を訪ねて、次助の仕事ぶりから聞き出すことにした
源十がいうには、次助が自分のところを訪ねて来たのは、いまから七、八年前のこと。取り立てて貧乏な格好をしていたわけでもなく、見た目は普通の職人だったという。

いままでは決まった親方についていたわけではないので、しっかりと修行したい。自己流では一流の職人にはなれないだろうと覚悟を決めてきた。

しっかりした言葉遣いで、弟子にしてくれと頼んできたらしい。

「まぁ、別段おかしなところもなかったからなぁ。ただ、目の下に傷があったので、喧嘩でもしたのかと訊いたところ、子どもの頃に転んだ傷だと答えていたが、あれは、そんなに昔からある傷じゃねぇなとは思ったよ」

源十は、その頃から目が少し見えなくなり始めていた。だから、弟子を取って自分が培《つちか》った力を継承させたい、という気持ちもあった。

仕込んでみると、腕はいい。

これは、いい拾い物をしたと喜んでいた、というのだった。

「おかしな素振りなどはなかったんだな」

「忠実にあっしのいうことを聞いていましたよ。それに、派手な生活をしていたわけではねぇし。女遊びをしたり、酒に溺れるようなこともなかったしねぇ」

鬢に伸びた白髪をかきながら、答えた。

「そうかい」

弥市のことは、岡っ引きとすぐわかるが、千太郎は、どういう役目なのか不安らしい。じっと顔を見ながら、

「お侍様は、どんなお人です？」

「猿でもわかるようなことをわかる侍だ」

「はい？」

慌てて弥市が、付け加える。

「あぁ、このお人は俺の後見人のような人だと思ってくれ。ときどきおかしな言動を吐くがな、気にするな」

ご用聞きの威厳を保つために、乱暴な口を利いた。

はぁ、と源十は不思議そうな目つきで、

「あっしは、いまあまり目が利かねぇが、どこぞのお殿さまみたいに見えるなぁ」

「まさか」

弥市は、苦笑する。

「ところで、源十。次助の住まいはどこだ」

「つい最近まで、そこの友助《ともすけ》長屋にいましたがね」

「とんすけ長屋？」

「とんすけじゃありませんよ。友助です。大家《おおや》の名前です」

「いまは、どこか家移りしたのかい」

「へぇ、それがよくわからねぇ」

「どういうことだい」

「あっしが知らねぇうちに、引っ越してしまったんでさぁ。それでも、仕事はきちんとしていたので、不服をいう必要はなかったんでね。詳しく訊いても答えてくれねぇので、そのあたりから、なにか変だなぁとは思い始めていましたよ」

「いつ頃のことかな？」

千太郎が訊いた。

「へぇ、あれは昨年のまだ寒い頃でしたかねぇ。師走《しわす》になろうとしていた頃だったと思いますが」

「そのあたりで、次助の生活になにか変化が起きたということかな」

「へぇ、おそらく」

源十は、頷きながらも、少しだけ首を傾げて、

「ただ、数回、おやぁ、と思ったことがありましてねぇ」

「なんだ、それは」

弥市が促した。

「いや、単なる噂ですが」

「なんでもいいんだ、奴のことに関して、知ってることがあったら、しっかりいうんだ」

十手を取り出して、しごき始める。

源十は、頬を歪めた。目の前で十手を見せられて気分のいい者はいない。

「同じ友助長屋に大工やあやしげな浪人などがいるんですがね、つい酔っ払ってそいつらと飲んでいるときに、自分は、本当は大金持ちになれるんだ、と喋ってしまった、というんです」

「どういうことだい」

「さぁ、その後のことはあっしは、知りません」

と、いきなり千太郎が部屋の隅を指差して、

「源十とやら。娘がおるな。それも祝言が近い」

「あ……へぇ。そのとおりで、よくおわかりですねぇ」

うれしそうに、源十は微笑んでいる。

「なに、部屋の端に、打ち掛けがかかっておったからな。この部屋に女の香りはせぬから、嫁のものではない。さらに、柄は若い娘向きだ。それに少々値が張ると見た。となると導き出せるのは、ひとつだ」

「はぁ……」

目を丸くしながら、源十はへへへ、可愛い一人娘でして、と答える。

「それは重畳。源十、邪魔したな」

へぇ、と頭を下げる源十に、千太郎は背中を見せて弥市に帰るぞ、と促した。

三

千太郎は、次助が大金を持てるようになれるのだ、という呟きに注目した。

「あれは、なんですかねぇ？」

「……親分、念のためだ。奉行所に行って、次助らしき盗賊がいなかったかどうか、調べてくれ。以前は盗賊で、その癖が出たということもある」

「合点！」

すぐ調べてくると、弥市は千太郎から離れた。

片岡屋に戻った千太郎は、ゴホンゴホンと咳の音が聞こえる治右衛門の部屋へと向かった。

部屋に入ると、由布姫がどんぶりを持って、木の匙《さじ》でおかゆを食べさせているところだった。

「おやおや……片岡屋。人の女を使うとはずぅずぅしい」

本気とも冗談とも取れる声で、千太郎は由布姫のとなりに座り、

「おかしなことはされておらぬであろうなぁ。たとえば、手を握られるとか、口を吸

われるとか。まぁ尻に触れるくらいならまだ許せるが」

「なにを考えているのですか、この人は。どれも許しませんよ」

呆れた目で、千太郎を見つめる由布姫だが、熱でもあるのだろう、真っ赤な顔をしている治右衛門を見ながら、

「少しは栄養を体に入れないといけませんからねぇ」

「私もまだしてもらっていないことをお前が先にしてもらうとは、なんたること」

「では、千太郎さんも風邪を引いたらどうです？」

治右衛門は、ごほごほやりながら、にこりともせずに答えた。

「考えておこう。その前に、ひとつ訊きたいことがある」

「なんでしょう」

「ここの蔵にはいろんな珍しいものがあるはずだが。小紋の型彫りなどはあるまいなぁ」

「ありますよ」

「なにぃ？」

「雪さんをもう少し貸していただけたら、お見せしましょう。それが条件です」

「ばかな」

「おや、嫌ならいいのです」

「わかった、わかった。かってにしろ」

じろりと片岡屋治右衛門を睨んでから、千太郎は由布姫に目を向けると、

「あとでゆっくりと話があります」

「まぁ、怖いこと」

治右衛門から、型彫りは二番蔵に入っている、そこにある鍵を持っていけ、といわれた。一番奥の木箱に入っているという。

由布姫が、治右衛門に頼まれ、部屋の奥にある箱から鍵を取り出した。それを受取って千太郎は部屋を出た。後ろから、ふたりの含み笑いが聞こえている。それを無視して、二番蔵に向かった。

蔵に入ると、ぷんと土臭い臭気が漂っていた。長い間、蔵のなかに押し込められた木箱や、湿気の臭いだろうか。

鼻をつまみながら、千太郎は奥の木箱を探した。

「なんだ、これは木箱だらけではないか」

そのうちのどれに型彫りが入っているのか、さっぱりわからない。

面倒だと、手前にある箱の蓋を外してみると、当たりだった。これは、縁起がいい

と気を良くしていると、後ろから由布姫の足音が聞こえた。

「治右衛門さんが、千太郎さんがどの箱かわからないと迷っていたら困るから、といわれてましたよ」

「いや、一発で当てた。私の運も捨てたものではない」

由布姫は、にやりと笑って、千太郎の横にある箱を開いた。

「ほら、これも型彫りが入っていますよ」

これも、これも、と順番に木箱の蓋を外す。

「な、なんだ。みんな同じだったのか」

「迷っていたら、どれでもいいから開けろ、というのが治右衛門さんの言付けです」

「ううむ」

がっかりした千太郎だが、気を取り直して、型彫りのひとつを手にとって見た。

蔵のなかはあまり明かりがない。明かり取りの窓はあるのだが、手元がはっきり見えるほどではない。

それでも、型彫りがどんなものかは、判明した。

「精巧なものだな」

肩幅程度の木枠に、細かい型が彫られている。

木の葉や家の屋根から格子戸などの細部、板塀の並び、道など細かく彫られているのだ。

「これが、小袖の小紋になるのか」

その緻密な仕事に、千太郎だけではなく、由布姫も感動している。

「職人というのは、すごいものだ」

「はい」

「私などは、なにもできぬなぁ」

「そんなことはありませんよ。しっかり世の中、悪の目利きをしているではありませんか」

「世のため、人のためになっておるであろうか」

「もちろんです」

由布姫は、そっと近づき、千太郎の胸に頭を寄せた。

「ほら、こうして私のためにもなっております」

「ううむ」

由布姫は胸に顔を添えたまま呟いた。

「どうです？　治右衛門さんから私を取り返した気持ちは」

「悪くない」

「治右衛門さんは、不作法に私の口など吸いませんでした」

「なるほど……」

ふたりの顔が見合わされた……。

「私は、ときどき不作法になることに決めたぞ」

千太郎の言葉に、由布姫がにこりと頷いた。


弥市は、千太郎の進言で、奉行所で次助らしき盗人がいなかったかどうか、調べる。以前は盗賊の一味などだったら、名前は変えていると思ったほうがいいだろう。それでも前歴があるとしたら、人相書があるはずだ。

次助は、目の下に小さな傷があったから、それが目安となるかもしれない。

奉行所の詰め所に行くと、珍しく波村平四郎が帳面を括《くく》っていた。

「旦那……」

思わず、「波平」と千太郎が呼ぶ姿を思い出す。よく見ると頭が薄く、髷は白髪が多い。頭の上で波が漂っているように見えないこともない。くすりとしそうになったが、我慢する。

「体のほうはいいんですかい？」

「あぁ、ここんところはな。臨時廻りだからといっても、暇にしているわけにはいかぬでなぁ」

人懐こい目を弥市に向ける。

調べ物か、という波村の言葉に、次助のことを話すと、

「ちょっと待っておれ」

そういって、波村は帳面が並んでいる部屋に入っていって、しばらく出てこなかった。次助に関連する事件でもあったのかと、弥市は期待していると、

「目の下に傷の盗人はいなかった」

その言葉に弥市は、落胆するが、

「だが、目の下に小さな黒子《ほくろ》を持つ男がいたぞ」

「黒子ですかい？」

次助に黒子はない。

「弥市。その黒子を剃刀で削り取ったとしたらどうなる」

「あ……傷ができます」

「どうだ。いまの次助とは思えぬか」

「あぁ、そういわれてみたら」

「顔は、丸顔か」

「四角くはありませんね。丸顔といわれても、当時よりは痩せたということも考えられますから」

「そのとおりだ」

「ですが、旦那、よく見つけましたねぇ」

ふっと、自嘲気味の笑いを含みながら、

「あまり歩き回れぬからな。例繰方《れいくりかた》を手伝っていたのだ」

「なるほど」

例繰方は、いままでの事件をまとめたり、似たような事件を探す係である。それなら、いろんな事件のあらましを覚えていてもおかしくはない。

弥市は、助かりました、といって、奉行所を出た。

弥市が奉行所に行っている頃、千太郎は由布姫と一緒に、小紋を調べていた。

次助が店に納めたという型を使った小袖を見せてもらっていたのである。

両国橋の袂から、少し浜町のほうへ向かうと、芳町がある。

このあたりは、陰間《かげま》茶屋が多く並んでいることで知られる場所だ。花柳界とは異なる雰囲気に包まれているこの界隈を、由布姫は物珍しそうに歩いている。

店に並んでいるものは、女物と似てはいるが、どこか、なまめかしさが異なる、といいたいらしい。

通行人のなかにも、一見娘とおぼしき格好はしているが、喉元を見るとあきらかに男である。

なのに、その立ち居振る舞いは、女であった。

だからといって、皆が女になりたい、と思っているわけではない。そうやって、女ふうの体つきをして、男たちの歓心を誘っているのである。

だが、五島屋という呉服屋は、陰間だけを相手にする店ではなかった。

五島屋の主人は島右衛門《しまえもん》といい、丸めがねをかけた、いかにも神経質そうな男だった。

型彫りの木枠を見ながら、千太郎が呟いた。

「片岡屋はどうしてこんなものを集めているのか、よくわからぬ男だ」

由布姫も一緒に笑った。

「趣味なのかもしれませんね」

「まぁ、おかしな絵を集めるよりは、よろしい」

「おかしな絵とはなんです？」

「……いや、気にせずともよい。男たちが喜ぶ絵のことであるから」

「ははぁ……」

くすりと笑みを見せながら、由布姫はきっぱりと、

「わたくしも、一度見たことがあります」

「な、なんと」

「祝言が決まったときに……」

「ははぁ……」

「志津が畏《かしこ》まった顔で見せてくれたのです。私は、絵よりも、志津の顔を見たほうが楽しかった」

「あははは」

志津は、日本橋の十軒店《じゅっけんだな》にある、梶山《かじやま》という店の娘である。行儀見習いのために、由布姫の屋敷にあがっている腰元である。

「そんなことはどうでもいいことですね」

苦笑した由布姫は、じっと次助が納めたという小紋を見つめていると、

「あら？」

ふと指先を、柄《がら》の一ヶ所に載せて止めた。

「いかがした」

「これが……」

あん？　っと千太郎はいつもの調子で、柄を指さしている由布姫の指先に、自分の手を重ねて、

「ふむ、暖かい」

「ばかなことはしないで、これを見てください」

いわれて、千太郎もじっと指先の周辺を見つめる。

柄をなぞるように、由布姫の指が移動していく。

途中で、止まった。

「ほら、ここ……」

「……なるほど」

そのあたりの図柄が微妙に乱れているように見えたのである。

四

由布姫の指先は、あるところで止まった。そこは、町の一角のような柄が染められている。

その周辺をよく見ると、ほかの場所と異なり調和が取れていないのだ。

「どうしたんでしょう？」

同じような道並の場所を由布姫の指先がなぞっていく。やはり、本来ならまっすぐ進むはずの道が、曲がりながら、ほかの道と出会うはずがないようなところで、ぶつかっている。

袋小路になっているところから曲がると、また別の道に続くなど、江戸の町としては、おかしなところが感じられるのだった。

「江戸ではないのでしょうか」

「特定の町ではなさそうだが……」

「上方《かみがた》のどこかでしょうか？」

「それはあるまい」

「これは、なにかの暗号のようだ」

「暗号？」

「ひょっとしたら絵図面ではないかな？」

「なんのです？」

「次助は、そのうち大金が入ることになっている、と近所の者に漏らしていたということ」

「その大金がこの地図に隠されているということですか？」

「考えられぬことではあるまい？」

「そのつもりで見ていると、確かに絵図面のような気がしてきました」

「そうであろう、そうであろう……」

得意そうに、千太郎は鼻を蠢かせながら、

「しかし、これを見てもさっぱりわからんな」

「ひょっとして」

「おや、その顔は、なにか気がついたときの得意顔ではないか」

「この柄に、次助が作った型彫りをかぶせるのではありませんか？」

「おう！」

それだそれだ、と千太郎は手を叩いて大喜びをする。

近所を通り過ぎる陰間が、不思議そうな目をふたりに送る。売り場は通りから丸見えなのだ。


奉行所で調べた結果を弥市が千太郎に向けて喋っていた。

片岡屋の離れで、弥市が波村と一緒に調べた結果を報告すると、千太郎は型彫りを使った小紋の秘密について話した。

お互いの推量をすり合わせると、やはり次助は元、盗人だったのだろう。仲間だけが捕まって、次助は逃げることができたらしい。

当時、捕縛に当たった与力や同心たちに訊かないと詳細は出ないが、いまは、次助が盗賊だった疑いが事実かどうか、確かめるほうが先だ、と千太郎は弥市に勧めた。

それについては、弥市も否やはない。

次助が捕まっているのは、花川戸《はなかわど》の自身番である。吟味はまだ本格的には、おこなわれていないらしい。

こそ泥などに、町方はそれほど力は使わない。

いまの千太郎と弥市には、むしろそのほうがありがたい。

山下から向かって、花川戸は弥市の住まいがある山之宿のすぐ手前である。

不忍池《しのばずのいけ》が目の前にあり、近所には、出会い茶屋もあるが、いまは、昼過ぎだから、あからさまなふたり連れは見かけられない。

ときどき、不忍池から飛び立つ水鳥の羽音が聞こえてくる。

春の風に水草の揺れと、光の反射がまぶしいなか、ふたりは、花川戸の自身番に着いた。

板の間で縛られたまま、金輪に縄の先を繋がれ、さらに柱にも回されて、身動きができなくなっている次助の目の下には、確かに、小さな傷があった。

黒子《ほくろ》があると、盗人に入ったときに顔を見られていたらまずいと思って、削ったと考えられる。

最初に弥市が、その傷について訊いた。

「それは黒子の跡だな」

「なんのことです？」

「しらばっくれたってだめだ。ネタは上がっているんだ」

「たとえ黒子としても、それがなにかの証拠にでもなるんですかい？」

しらじらしい答えだとは思ったが、弥市は、辛抱強く問い質《ただ》す。

「奉行所で調べてみたんだ。するとなぁ、以前、盗人で目の下に黒子がある野郎がいると判明したのよ」

「それがあっしだと？」

「違うのかい」

「ですから、その黒子とあっしのどこに共通したところがあるんです？」

痛いところを突きやがって、という顔で、弥市は千太郎に目を送った。

「そうかそうか、だがなぁ。次助さん」

「…………」

気品があるようで、惚《とぼ》けた雰囲気のある千太郎を見て、次助は面食らっているようだった。

「あんたは？」

「呼ばれて名乗るもおこがましいが……」

「はぁ？　歌舞伎役者さんですかい？」

「いや、悪の目利き役だ、略して、悪役、うん？」

「あのぉ」

「つまりそういうことだ。で、次助どん」

「…………」

「型彫りで作った地図を見たいのだがなぁ」

「なんですって？」

「もう、ばれてるのだから、いくら突っ張らかっても弥市親分の腹程度にしか意味はないぞ」

「よくわかりません」

「まぁ、よい。で、どうしていまになって、金を探そうと思ったのだ？　なにかきっかけがあったに違いない、と睨んだがどうだ」

次助は、どう答えたらいいのか困っているのだろう、目を弥市と千太郎と交互に向けながら、

「困ったなぁ」

「困ることはない。ただ教えてくれたらそれで良い」

「なにをです？」

「だから、いま私が質問したことだ」

「いろんなことをいわれたので、どれから答えたらいいのか……」

その言葉に、弥市が毒づいた。

「馬鹿野郎！　とにかくてめぇがやろうとしたことを白状したらそれでいいんだ！」

膨らんだ腹から十手を取り出して、次助の肩を打ち据えた。

次助は、足をばたばたしながら、抵抗しようとするが、思うように逃げることは叶わない。

それを見ていた千太郎が、

「もう、そろそろ良いのではないか？　どうせ捕まったのだ。逃げられるわけもあるまい」

目の前でおよそ武士らしくない、膝立ちの格好をしながら諭《さと》した。

「お侍さまは、話がわかるようだ」

ようやく、次助も観念したらしい。

「では、お話しいたしましょう」

ふぅと大きくため息をついて、次助は語りだした。

次助は生まれが下野《しもつけ》。家は農家だったが、小作《こさく》のために、裕福ではなかった。

作業を手伝わねばならない。だけど、両親は兄ばかりを可愛がるので、面白くなかった。

十五歳になったとき、次助は家を出た。次助とは、途中から名乗った名前で、本当は、吉次《きちじ》だという。

家を出てすぐ江戸に出た。幸い手先が器用だったので、小紋の型彫り職人に弟子入りをした。

あるとき、ひとりの女に惚れた。その相手というのが、大店の娘だったが、まったく相手にされない。

酒の席で、その愚痴《ぐち》をこぼしたら、会わせてやろうという男がいた。

そのときの次助、いや吉次は、娘の顔を見たい一心で、会えるならどんなことでもやりたい、と思い詰めていた。

顔を見せてやると誘った男は、その店に忍び込めばいいのだ、と囁いた。

考えたこともなかったわけではない。だが、その勇気がなかっただけだった。

男の言葉が誘い水になった。

約束の日、待ち合わせ場所に行くと、相手はふたりになっていた。

黒装束でどう見ても盗賊の格好だ。驚いたが、乗り掛かった船だった。

半分自棄《やけ》だった。

忍び込み、娘の顔を見たいと寝所に行くと驚かれて騒がれ、逃げた。その際、目の下の黒子を見られたのだろう。

　一緒に押し込んだふたりは、金蔵から千両箱を盗んで逃げた。

逃げる途中、地図を渡された。ほとぼりが冷めるまで、この地図を持っていろ、といわれた。自分たちは、目をつけられているから、当分、お前に預けるのだ、と念を押された。

　持ち逃げしたら、地の果てまで追いかけるから、おかしなことを考えるな、と脅されもした。

　ふたりは、あっさりと次の押し込みをやったときに、捕まってしまったのである。

　次助は、地図を他人に取られないように、ふたつの型を重ねないと、意味がないように作り替えたのである。

　その小紋柄は売る予定はなかったのだが、急ぎの仕事を頼まれたときに、つい、渡してしまったというのだった。

「それが、どうしていまになって、取り返そうと思ったのだ。ひとつだけでは意味をなさぬのであろう？」

　ふんふんと聞いていた千太郎が、問う。

「脅しの文が来たんです」

「脅し?」

「金を払え、という脅しです」

「お前が金を持っていると知っている相手だな」

「捕まったふたり以外の昔の仲間だと思います。前に預けた金を返せといってきましたから」

ふぅん、と千太郎は首を傾げる。

「なにか不審なことでもありますかい?」

問う弥市に、千太郎は、まぁなぁ、などとはっきりしない。

「次助……いや吉次か、どっちがよいのだ」

千太郎が、顔を向けた。

「次助でかまいません」

「では、次助。その脅し文はいつ来たのだ」

「つい、十日ほど前です」

「お前が捕まるすぐ前のことか」

「へぇ……どじを踏んだものでして」

「本物の盗人ではないのだから、それは仕方あるまい」

「まぁ、そうですが」

「その片方を売りに出してしまったとして、その型はどこにあるのだ」

「さぁ、染師のところではないでしょうか」

「なにゆえ、そちらを狙わなかったのだ」

「染師がどこなのかわかりませんので。そのあたりは、すべて親方に、その型を使った染付は、一軒だけという条件で渡していましたから。でも、よく考えたら、あれは商売用ではありません。そんなものを世に出しては、名折れになります」

「職人の矜持《きょうじ》というやつか」

「へぇ、どじで捕まってしまったのは仕方ないとして、大泥棒と間違われては迷惑です」

「こそ泥がなにを心配するんだい」

ばかにする弥市の言葉に、次助は自分はただの盗人ではない、と叫んだ。

五

「確認するが、昔の仲間は捕まってるのだな？」

千太郎の問いに、次助は返答をする代わりに、弥市を見た。
「捕まって、遠島になってます。戻ってきたとは聞いてません。ただ、野郎たちには
いろんな繋がりがありますからねぇ。千両箱の話を誰かが聞いていたとしても不思議
はありませんや」
「だが、その脅しの文面がおかしい」
「どういうことです？」
不思議そうに弥市は、千太郎に問う。
「盗人仲間が、次助に預けたのは、地図だ。だが、脅迫状には、金を返せといってき
たとある。
次助、お前は金をかすりとったのか」
「まだでさぁ。場所はなんとなくその地図と型を彫ったときに、覚えてますが、土地
勘のある場所じゃぁありませんからねぇ」
「つまり、まだ金は取ってない、と」
「へぇ、そうです」
「そこだ。預けられたのは地図だが、文では金を返せという。たとえば、ふたりの仲
間に千両箱の存在を聞いたとしても、金を返せというのはおかしい。よこせ、と書く
のではないか？ 地図を返せというのなら話はわかる。この矛盾を親分なら、どう解

く？」

「この文を書いた奴は、次助が金を持っていると誤解しているかもしれません」

「それなら、さっさと次助を摑まえたほうが早い。ようするに、やることがずさんなのだ。とても、盗人などを商売にしている者のやることとは思えぬ」

「というと……仲間を騙って脅し文を書いたということですかい？」

「そういうことだ」

千太郎は、満足そうに頷いた。

なるほど、と弥市は得心しながら、

「次助、おめぇのその金の話を知っているのは、誰だい」

「さぁねぇ。あまり話したことはありませんが。居酒屋にいた連中は、なんとなく聞いているかもしれません」

「居酒屋にいた連中の名前は？」

「さぁ、誰でしたかねぇ。近助《きんすけ》という野郎がいました。これは、大工です。同じ長屋のご浪人さんで、鹿田重之進《かだじゅうのしん》さんというおかたもいました」

「よし、まずはそのふたりから当たってみるか」

さっそく、ふたりを探ってみます、と弥市は立ち上がる。

「親分、店にいた者は、ふたりだけではあるまい」

「まぁ、そうでしょうが」

「店で働いている者も聞いておるかもしれんからな」

「あ、なるほど」

そこまでは気がつかなかった、と弥市は十手をしごきながら、

「ぬかりなく、そのあたりも探ってきます」

そういってから、次助に十手を突き出し、

「おめぇ、仲間などはいねぇだろうな」

「まさか。みすみす金を人に渡すようなどじな真似はしません」

「芳町では捕まったけどなぁ」

皮肉な顔をする弥市に、次助は、縄を打たれたまま、肩をすくめた。

「旦那も行きますかい?」

弥市が腕まくりをしながら訊いた。

「いや、ここで待っていよう」

「そうですかい。大工の近助に、浪人の鹿田某《なにがし》だったな」

頷いた次助に、千太郎が問う。

「ところで、誰か型彫り職人を紹介してほしい」

「はい、どうするんです？」

それには、答えず、弥市にも顔を向けて、

「次助を一旦《いったん》、放免にしてほしいのだが、できるかな」

「まさか、それは無理でしょう」

「では、噂だけでよいから、次助は逃げてしまったとでも、吹聴《ふいちょう》できぬか」

「なにか目的でもあるんですかい？」

「そうしたら、また金を持ってこいといってくるだろう。そのほうが敵を見つけやすくなる」

「ははぁ……なるほど」

策ではあるが、嘘の情報を流すなら、誰か奴の長屋に住まわせないといけない、と弥市はいう。

「誰かに、次助の役をやらせよう」

「いますか？　そんな人が」

「ううむ」

屋敷から逃げ出した千太郎を探しまわっていた佐原市之丞は、下総の国許に帰ったままだ。

徳之助は、女になら化けられるだろうが、男は難しい。ならば、と千太郎は弥市を見つめる。

「ちょ、ちょっと待ってくださいよ。あっしが次助役をやるんですかい？」

「いや、親分の顔はすぐばれる」

「では、誰を？」

「この際だ、由布姫に男装してもらおうか」

「まさか……」


その日の夜。

次助の住まいには、明かりがついていた。逃げたということになると、世間がうるさい。そこで、一度、ご放免になった、ということにしたのである。

理由は、五島屋の見間違いだった、ということにした。もちろん、それは方便《ほうべん》である。

そんな嘘が通用しますかねぇ、という弥市の心配もなんのその、千太郎より由布姫のほうが、嬉々としてその策に乗った。

次助に変装した由布姫であるが、もともと次助はそれほど外に顔を出すほうではなかったのが、幸いする。

長屋に入るときは、千太郎や弥市が一緒で顔が見えないように工夫をした。朝なども、長屋の女房連中がいないすきを狙って井戸端に出た。

とはいえ、いつまでもそんな暮らしが通用するわけがない。

そろそろ次助ではないのではないか、と疑われ始めた頃……。

「来ました、来ました」

手ぬぐいで顔を隠した由布姫が、片岡屋に飛んできたのは、次助に変装して住むようになってから、三日目のことだった。

以前と同じような文面の脅し文句が書いてある。

「やはり、金を渡せ、としか書いてないな」

「地図のことには触れていません」

「仲間がこんな書き方をするとは思えん。渡し場所まで書いてあるのだが」

千太郎は、汚い木綿の着物を着ている由布姫を見て、笑いながら、

「罠をかけよう」

「どんな罠です？」

「金を渡すと返答する。誰が来るのか確かめてやろう」

「本人が来ますか？」

「さぁ、それはやってみなければな」

受け渡しをする指定の場所は、浅茅ヶ原《あさじがはら》の天神神社境内と書いてある。

刻限は、暮れ六つ。

「金額が書かれてありませんね」

ふむ、と懐手になった千太郎は、なにかを考えている風情だった。

「なにか？」

「ふむ……金額を書いていないところを見ると、次助がいくら持っているのか、知らぬのではないかと思ったのだが」

「仲間なら、千両盗んだと知っていますからね」

「そこが眼目だな」

「……千太郎さんは、なにかすでに、下手人の目星がついているのではありませんか？」

「いやいや、まだまだ」

「……本当ですか？」

「まだまだ」

「嘘でしょう」

「まだまだ」

「このまま訊いても、返事は同じでしょうから、もう、訊きません」

「まだまだ」

「どうぞそのまま、まだまだ、と続けてください」

「いや、ここで終わりだ」

はぁ、と由布姫はため息をつきながら、

「ところで、千両箱はどうするのです？　本物を持っていきますか？」

「なに、そんなものは石でも詰めておけばよい」

「そうですねぇ。どうしてもとなったら、片岡屋さんに借りたらいいでしょうし」

「治右衛門か」

薄笑いする千太郎に、

「貸してくれませんか？」

「おそらくなぁ」

箱くらいは貸してくれるだろう、とふたりで笑った。

ところが、なんとしたことか、相談をすると、

「いいでしょう」

あっさりと千両箱を貸してくれたのである。もちろん中身も本物が入っている。

驚いているふたりに、治右衛門は、

「どうせ、貸さないだろうから、石でも詰めて行こうと、ふたりで相談をして、ついでに、私を笑いものにしていたのでしょう。そうはいきません」

そういって、皮肉に笑ったのである。

「やはり、片岡屋は一筋縄ではいかぬなぁ」

千両箱を抱えながら、千太郎ははははは、と笑い転げている。

六

暮れ六つまであと、半刻となった頃。

千太郎と弥市は、浅茅ヶ原に向かう道を歩いている。

空は、夕景からかすかに黒い雲が西空を覆っている。このままだと、あと半刻もしたら、雨になるかもしれない。

花川戸から、今戸橋を渡って、さらに北に上ると、左側に、広い草原が見えてくる。それが、鬼婆が住んでいるという浅茅ヶ原だ。

「ですが、鬼婆など見た者はありませんがねぇ」

「言い伝えだから、仕方がない」

「どんなです？」

「昔の話だ」

「ですから、どんな昔の話なんです？」

「いまは、やめておこう」

「いえ、いま聞いておきたいと思いますが」

「大事の前だ、昔話などしている暇はない」

「いえいえ、まだ天神さままでは、けっこうありますから、それまでの暇つぶしなどには、ちょうどいいと思うので、ぜひお聞かせ願いたいと思うのですが」

「……お」

突然、千太郎が指を空に差して、

「あれだ！」

「そんなことをしても、ごまかされませんぜ。ようするに、知らないのでございましよう？」

「ばかなことをいうな。私がこの世で知らぬことなどない」

「では、あっしの大好物を知ってますかい？」

「日暮しの里にある三軒茶屋で売ってる、みたらし団子だ」

「……まさか、どうして」

「なにぃ？　当たりか！」

「当てっずっぽうだったので？」

「ばかをいうな。私が知らぬわけがない」

「はぁ、もういいです」

そろそろ天神さまだ、と千太郎が足を速めた。

後ろから、弥市はさっきまでの、半分馬鹿にしたような顔から、引き締まった表情に変化している。

天神さまといっても、小さな赤い鳥居と、祠《ほこら》があるだけである。

お参りする者もほとんどいない。

鳥居の柱には、鳥の糞がこびりついているようなところである。

どうしてこんな場所を選んだのか、その理由が疑わしい。顔を見られたくなかったのだろう、と弥市はいうが、

「それなら、もっと真っ暗な刻限にすればいいだけではないか」

千太郎の言葉に、そうですねぇ、と弥市も反論はしない。

千両箱を渡すときに相手が誰かわかれば、それで問題はない、と千太郎は気にもしていないのだった。

草原のなかにできた獣道《けものみち》のような狭い通路を進んでいくと、くすんだ赤色の鳥居が見えた。

約束の刻限には少々間がある。

「野郎が来るまでどうします？」

男とは限らない、と千太郎は答えてから、

「では、その辺を歩き回るか」

「まさか」

「いいから、一緒に来い」

先にすたすたと歩き回って、ときどき、しゃがんで周囲の草に触っている。

こんなところで草むしりでもやろうとしているのか、弥市は、千太郎の気持ちを知

ることはできない。

弥市の気持ちを知ってか知らずか、千太郎は、立ったりしゃがんだり。なにか探しているふうでもなく、ただひたすら同じ行動を続けている。

さすがに見かねた弥市が、そばに寄っていくと、立ち上がって、もう終わった、とにやついた。

そんなことをしているうちに、遠くから鐘が聞こえてきた。

捨て鐘が最初に三回入る。それからが、刻限の合図だ。

さきほどまでうっすらと明るかった空が、いまは、陽が落ちて暗くなりかけている。

周辺の樹木が影のように、うっそうと立っている姿は、不気味であった。

その奥から、妖怪でも出てきそうな雰囲気になった頃、草を踏む音が聞こえてきた。

「来ました……」

その場にしゃがみ込んで、音のほうに目を向けた弥市は、十手を懐から取り出して、ぐいとしごいた。

足音は周辺に気を使うように、聞こえる。提灯は持っていない。そのせいもあるのだろう。このあたりには、常夜灯もない。

千太郎と弥市は、鳥居から少し離れた場所で身を潜めている。

「あの者に見覚えはあるか？」

うっすらとした明かりのなかに浮かび上がった影は、

「あれは……なんとかという浪人野郎です」

居酒屋で、酔っ払った次助のひとりごとを聞いていた、という浪人だという。

「間違いないか」

「あの野郎が脅した張本人だったのか」

「そうかな？」

「現に野郎が来てます」

よし、といって千太郎は、千両箱を肩に担いで、鳥居の前まで出て行った。

影がはっとしたように、千太郎の方向を見つめる。すぐ、千両箱を持つ姿を認めて、

「こちらに渡してもらおう」

酒焼けしたような声だった。

「おぬしは？」

半分、揶揄《やゆ》を含みながらの千太郎の問いだった。

「そんなことはどうでもよい」

浪人、鹿田らしき男は、すっと千太郎のそばに寄ってきたが、はっとして足を止め

る。まさか相手が、侍とは知らずに来たのだろう。

「お前は、次助ではないな」

「気がつくのが遅いのぉ」

「やかましい！」

「おぬしは、鹿田氏《うじ》であるかな？」

「な、なに？」

名前を呼ばれて、息を呑んだ様子が、はっきりと伝わってくる。

「誰に頼まれて、やってきたのだ？」

「なに？」

意外な言葉を聞いたのだろうか、浪人はちっと舌打ちをする。

「なにをいいたいのだ」

「話がわからんかなぁ。おぬしは、誰かに頼まれてここにやってきたのであろう？」

「ばかいうな」

「では、どうしてきたのだ」

「決まっておるではないか。金を貰いに来たのだ。なにをさっきからごちゃごちゃと面倒な話ばかりしておるか」

「おぬしが間抜けに見えてなぁ」

「なんだと？」

「よいか？　浪々の身とはいえ、おぬしは侍ではないか。それがどうして、悪事に加担するかと、それを訊いておる」

「やかましい、黙って早く金を渡せ」

鯉口に手をかける姿がうっすらと見えた。満月ではないが、月が出てきて、その明かりがふたりを照らし始めている。

千太郎は、あぁ、とうとうそこまでやってきたか、では、逃げるぞ、と叫ぶと、なんと本当にその場から逃げ出した。

それも千両箱を担いだままである。

すたこらと逃げる千太郎を、鹿田らしき浪人は、追いかけ始めた。

逃げる千太郎の姿は、まるでうさぎのように、ひょいひょい、と跳ねながら走っていく。

「待て！」

「嫌だね！　取れるものなら、取ってみろぉ！」

まるで、子どもの鬼ごっこである。

何度か、千太郎が跳ねながら逃げた、その手前で、

「わっ！」

浪人の影がいきなり転げた。

また、立ち上がって少し行くと、また転ぶ。

「な、なんだここは！」

「わっははは。私がな、さっき草を結んでおいたのだ。そこに足を取られて転んだだけのことだから気にするな」

「こ、この痴《し》れ者め！」

またしても、千太郎はひょういひょいと飛び跳ねながら逃げまわる。

さっきからおかしな格好で逃げていたのは、草の結び目を避けるためだったらしい。

さきほど、鳥居の周りでしゃがんでいたのは、この仕掛けを作るためだったようだ。

ふたりの動向を探っていた弥市は、千太郎の悪戯に、呆れるとともに、笑うしかなかった。

「おぬし、人をばかにするのか」

「いや、ばかになどしておらぬ。喧嘩は嫌いだからな、あんなことでもやれば、面倒になって、諦めてくれるかと思うたのだが、予定が狂ってしまったではないか……と

ころで、おぬしは、本当に鹿田どのか？」

「どうして知っておる」

「そのくらい、蛇の道は蛇だ。それにな、私は悪事の目利きだからなぁ」

「なにを意味のわからぬことばかり」

抜けと叫んで、鹿田は足場を固めようとして、はっとする。また、草に足を取られたらたまらぬ、と気がついたらしい。

ゆっくりと足を取られないように、千太郎がいる位置に向かって進み始めた。

千太郎がこけた。

自分で作った草の罠にはまったらしい。

その瞬間、鹿田が飛び込んだ。だが、その場に千太郎はいない。

「こっちだぞ」

転んだのはわざとだったのか、と鹿田が呟く。

「なんという侍だ」

いままでこのようなおかしな武士に会ったことがないとでもいいたそうな顔つきである。

一回転、二回転してから起き上がった千太郎は、まだ刀を抜いていない。

「抜け！　そんなことで、ごまかそうとしても無駄だ」

「その腕、いくらで売ったのだ？」

「なに？」

「わたしがもっと高額で買ってあげようではないか。どうだな？　それとも、千両の半額を自分の取り分とでもしたかな？　そんなわけがないなぁ。いや、百両くらいはもらう約束をしたのか、それとも、五十両程度か？　いずれにしても、くだらぬ悪事への加担は、命を軽くしているのだ。どうだ、いま、私の言葉に乗ると、善行となり、西方浄土、仏土に行けるぞ」

「長々と、やかましい！」

本気で怒ったのだろう、鹿田は、上段に構えなおして、そのまま……。

すとんと転んでしまった。

「あぁあぁ、だから、やめておけ、というたのに。親分！」

がはは、と笑いながら、千太郎は弥市を呼んだ。

「どうだ、面白かったであろう？」

「…………」

答えずに弥市は、足をくじいたのか立てずにいる鹿田重之進を介抱しながら、

「大工の近助も仲間か？」

「なに？」

「違うのかい」

「あぁ、あの酒飲みか。あんな男と手など結ぶわけがない」

「じゃ、お前ひとりでやったことかい。どうもそうは思えねぇんだが？」

ちょっと待て、といって鹿田は、そばに千太郎が置いた千両箱を見て、

「千両もあったのか？　この中身は本物か？」

「金額も知らずに取りに来たんですかい？」

呆れ声で弥市が訊いた。

七

その翌日——。

千太郎は、源十のところにいた。源十は、なにかそわそわしていて、まともに千太郎の顔を見ていない。

「あっしがなにをしたというんです？」

「だから次助に金を持って来いと脅迫したであろう？　千両と知ってか知らずかわからぬがな」

千両？　と源十は呟いた。その言葉に千太郎は、源十は次助が持っている金額を知らずに要求したのだと気がついた。

「どうしてあっしがそんなことをするんです。娘が祝言を挙げるというのに」

「ほれ、それだ」

「なんです？」

「お前はここのところ、仕事が減っているといっていたな。目が悪くなってしまって仕事ができないからであろう。そこに、娘の祝言が決まった。なんとか親としての顔を見せたい。だが、金はない。そこで、次助が大金を持っているという話を聞いたのであろう。それは、鹿田重之進からか？」

源十はいきなり立ち上がり、竈の横にある瓶のそばに行き、柄杓で水を掬《すく》い、ぐいと飲み干した。

「どうして、そのようなことになるんですかねぇ？」

千太郎は続ける。あきらかに動揺しているのである。

「いつまでもしらを切っても、益にはならぬぞ」

「鹿田さんが、そんなことを知っているわけがねぇ」

「もうやめておけ」

声をかけたのは、弥市だった。

「鹿田重之進は、白状したぜ。おめぇから、あの刻限に行き、金を受け取ってこい、となｊ」


と、今度は突然、源十が竈の前に突っ伏した。

「あぁ！　あのお侍さんに騙されたんです！　一杯おごるから、話に乗れといわれました。そうしたら、千両入るから山分けしよう、と。それで、つい……いまそこのお侍さまがおっしゃったとおり、娘の花嫁姿が見てぇばっかりに、つい、悪事に手を貸してしまいました」

「ほう……つい手を貸したとな」

「はい……申し訳ありませんでした」

弥市は、ふっと笑みを浮かべながら、千太郎を見た。続きをどうしようか、と目で問うと、千太郎が、がっはっはとばか笑いをして、

「それは、おかしいなぁ。鹿田は、貰える金子《きんす》が千両とは知らなかったぞ。お前もいま知ったばかりであろう。鹿田はただ、金を受け取りに行けばいいのだ、と思ってい

たらしい。それを白状したのだ」

「…………」

「あの者に押し付けようとしても、無駄だ」

弥市に目配せをする。

「神妙にお縄につけ」

弥市は十手の先を、源十の喉仏に突きつけた。


桃の節句が近いせいか、ときどき、着飾った女の子が、しゃんしゃんと、鈴の音をさせた駒下駄を鳴らしながら、うれしそうに走る姿がところどころで見られた。

片岡屋に、そのような娘はいないので、華やかさはないが、それでも、由布姫が桃の花を柄に使った小袖を着ているせいか、離れにある千太郎の部屋も、少しは華麗な雰囲気に包まれている。

桃の花の香りが漂うのは、由布姫が使っている匂い袋からだった。

「なにやら、怪しげな気持ちになりますねぇ」

鼻をひくひくさせながら、弥市が周囲を見回した。庭にそのような花の木はない。

匂い袋だろう、と察した上での科白《せりふ》だ。

その言葉ににんまりとした由布姫は、弥市でも気がつくのか、と揶揄するが、本人は知らん振りで、

「お願いがあります。たまには、あっしが庭を正面に見ながら話をしてぇと思いますが、いいでしょうか。そうしたほうが、このいい香りを庭から漂ってくると、感じることができますから」

「なんと」

千太郎と由布姫は、弥市にそんな風流な趣味があったのかと、背中を伸ばして、

「それは、よい心がけです」

先に由布姫が移動して、千太郎もいつもとは違う場所に座った。これで、弥市は、庭を見ながら喋ることができる、と満足げな顔で、

「ところで、次助はどうしましょう」

と訊いた。

ふむ、と懐手になった千太郎は、どうしたものか、と由布姫の顔を見つめる。本当は、温情裁きを望んでいることは、弥市も気がついているらしい。だが、前回の事件でも弥市は本来の手柄をふいにしているため、千太郎も、少しは遠慮しているようであった。

だが弥市はそんな千太郎の思惑など気にしてはいない。

「奴は、盗人ですからねぇ。まぁ、半分騙されたようなものかもしれませんが、それはそれ。罪は罪。これは旦那の口癖です」

「……ほい、そんなことをいうたことがあったかな」

「あります、あります、年中いってます」

「嘘をいうな」

しれっとして、弥市は続ける。

「温情裁きは何度もやるもんじゃありません」

「ほう」

「これは雪さんの言葉でしたね」

にやにやしながら雪こと由布姫を覗く。

「まぁ、そんなことをいった覚えはありませんよ」

「おふたりは、自分の言葉を忘れるのが、お得意らしい」

その科白に、千太郎は目を瞠りながら、

「今日の親分は、手強いぞ」

「ちょいと旦那のいい加減なところを真似しているだけでさぁ」

「これはしたり」

　苦虫をかみつぶした千太郎に、由布姫が手助けをする。

「でもねぇ。親分だって、どんどん咎人《とがにん》を出したいわけじゃありませんでしょう。なにしろ、近頃は山之宿界隈だけではなく、両国、深川まで人情親分として知られているんですから」

「…………」

　千太郎は、尻馬に乗って、

「そうだ、そうだまったくだ」

「そんなことで、ごまかそうとしても駄目です」

「では、親分は次助のことをどうするつもりです？」

「当然です、捕縛します」

　一度、眉をひそめると、次に意外な言葉を吐いた。

「ですがねぇ。先日、もう一度奉行所に行って、例繰方に異動させられた波村さんのところに行ったと思ってくだせぇ」

「なに、臨時廻りではなくなったのか……それはそれは」

　驚きながらも、波平がどうしたと千太郎が問う。

「そこでね、波平旦那、違った、波村旦那はこう申されました」

千太郎と由布姫は、体を前に倒す。

「次助らしい盗人はいるが、人相書には、目の下に黒子がある、と書かれている。だが、次助にあるのは傷だ。黒子ではない。おそらく別人であろう……」

「そういったか」

驚いて、千太郎がさらに前に体を乗り出した。由布姫は、薄ら笑いをしながら、後ろに体を倒し口に手を添えて、含み笑いをしている。

「へぇ、いいました。間違ぇありません」

「なるほど、できる男と思っていたが、波平さんはやるものだのぉ」

「まぁ、そういうわけでして」

しれっとしたまま弥市は、庭に目をやった。すると、なんとそこにはいつの間に来ていたものか、次助が地面に這いつくばっていたのである。その少し後ろには、若い娘が頭《こうべ》を垂れて、座っていた。

「近頃の弥市親分は策士であるなぁ」

知らぬふりを決め込む弥市に、

「場所を変わりたいといった理由は、これか」

千太郎の言《げん》に由布姫も追い討ちをかける。

「花の香りなどは、関係なかったのですね」

わざとむっとした目つきをするが、それすら弥市は流して、

「後ろにいるのは、おみきさんといって、源十の娘さんです」

「ほう」

青白い顔で、源十の娘、おみきは座っている。木綿の水晒しになったような紺にかえでという季節外れの小紋がついた小袖を着ている。あまり裕福な暮らしをしているとは、思えない。

弥市の声を聞くと、さらに頭を下げて、

「源十の娘、おみきでございます」

消え入りそうな声を出した。

弥市は、小難しい顔を崩さずに続ける。

「なにやら、そこの次助は、源十の弟子でなかなかの腕を持っているとのことでして。いままでたいそうな金子《きんす》を貯めたといいましてねぇ」

「…………」

「そのうちのなにがしかを、おみきさんに贈りたいというんですが、旦那と雪さんは

どう思います？　あっしは全額はいけねぇとは思いますが、まぁ、貯めた分の一割程度なら、それもいいのではねぇかと。ついでに、次助は当分江戸から離れて、上方《かみがた》にでも行くつもりだそうです」

「…………」

千太郎と由布姫は、目を交わし合うしかなかった。

「まぁ、それが一番なのであろうなぁ。しかし、親分に今回はしてやられたぞ」

「はて、なにがです？」

その問いには答えず、がっははと千太郎が大笑いする。

弥市は、まったく顔色を変えずにいるが、じつは、この策は波村平四郎の案であったことは、絶対に内緒にしておこう、と心で呟いているのだ。

さらに、口をへの字に閉じたまま、次助に首を向けて、

「次助……」

さも威厳がありそうに話しかける。次助とおみきが涙を抑えて頭を下げている。

千太郎と由布姫は、弥市が次助にこまごまと注意を与えている間、こそこそと会話を交わしていた。

「これは、波平さんにいいところを持って行かれたぞ……」

千太郎の囁きに由布姫も頷きながら、

「波村平四郎さん。なかなかの人物のようですね」

次助とおみきが立ち上がると、ひゅうと風が鳴って、芽が吹き始めた木々の葉を揺らした。

江戸の春は、すぐそこまで来ている。

第三話　提灯怖い

一

上野山下、片岡屋の離れに、例によって弥市が、神妙な顔で座っていた。

春の草花が、桃の節句を過ぎた頃から、ぱっと春の香りを振りまき始めた。

芽吹きをついばもうとするのだろう、雀だけではなく、普段は見られないような鳥の姿まであった。

弥市は、例によって十手をときどきしごきながら、

「春というのに、おかしな野郎が出てくるもんです」

「春だからではないのか？」

笑いながら千太郎がいった。

「浮かれて、おかしな連中が出てくるものだからな」

「なるほど。あれ？」

「あん？」

「どんな野郎が出てきているかいいましたっけ？」

　不思議な顔をする弥市に、千太郎は薄笑いで、返した。

「まだだ」

「大道芸人なんですがね」

「口から火を吹いて、頭から水をかけるようなことでもやるかな」

「家にいる化け物を降ろすってんでさぁ」

「化け物降ろしだな」

「珍商売ですねぇ」

　横に座っている由布姫が首を傾げる。

「化け物を降ろしてどうするのです？」

「なんでも、その家にくっついている化け物を降ろして、その家に住んでいる野郎たちの憑《つ》き物を落とすという商売とか」

「そんなにあちこち、化け物がいるものでしょうか？」

信用ならない、といいたそうに由布姫が千太郎を見つめる。

「なるほど、もし本当に家に化け物が取り憑いているとしたら、これは怖いぞ」

両手をまるで幽霊のような形にして、ひらひら蠢かせる。

「やめてください、そんなこと気色《きしょく》悪いですよ」

嫌がる由布姫の前に手を伸ばして楽しむ千太郎を見ながら、

「どうです？」

「なにがだ」

「一度、見てみませんかい？」

「そうか、大道芸人というたな。どこでやっておるのだ」

「浅草の奥山です」

「それなら、近い、行ってみよう」

立ち上がった千太郎に続いて、弥市も腰を上げるが、由布姫は座ったままだ。

「おや、雪さんは？」

問う弥市に由布姫は、私は行きませんと横を向いた。

春の霞《かすみ》がかかったような山下の通りを歩く千太郎と弥市。

ときどき、表店《おもてだな》の前に人が出てきて、

「これは、山之宿の親分さん」

そっと寄ってきて、袖におひねりを入れていく者がいる。

「おう……なにかあったら、すぐ連絡くれぇ」

などと、横柄《おうへい》な態度で弥市はふんぞり返っている。

その格好が、いかにも大親分然としているので、千太郎はおかしくてしょうがない。

「親分は、人望があるのだなぁ」

「そんなことじゃありませんや」

「だが、あちこちから、実入りがあるではないか」

「あれは、自分たちのやばい話を公《おおやけ》にしねぇでくれ、という謎かけでさぁ。大店といっても、一度なかに入ると、どろどろしているものがけっこうあるもんです」

「なるほど。魚心に水心というやつだな」

「おおきにそんなような話です」

浅草広小路から、浅草寺五重塔を右に見て、奥山の喧騒のなかに入る。

相変わらず奥山は人が多く、芝居小屋の看板には派手な衣装を着た娘の顔だけが大きく描かれたり、太腿まで見えそうな娘綱渡りなどの看板が並んでいる。

浅葱裏《あさぎうら》と思える若侍が、口をあんぐり開けながら、それらの看板の前に立っている。

「一度は見ておくもんだぜぇ、江戸の名物だ！」

木戸番が大きな声で呼び込んでいるなかを進んで、大道芸人が並んでいる通りに出た。

なかでもひときわ人が集まっている場所に出る。輪になった観客たちが芸人の術を見ながら、やんやの喝采《かっさい》を送っているのだ。

「旦那……奴です」

そっと弥市が囁いた。

輪を割って入ると、目の前に白衣の修験者《しゅげん》が立っていた。

頭に兜巾《ときん》、手甲脚絆《てっこうきゃはん》。六尺棒を持ってなにやら、ごにょごにょと呟いている。男のとなりには、大きく秀蓮坊《しゅうれんぼう》と書かれた旗指物《はたさしもの》がひらひらと風に舞っている。

「親分、あれが例の者か」

「秀蓮坊という妖《あや》かし野郎です」

「妖かし野郎は、よかったな」

秀蓮坊は、いきなり、かっ！　と叫んで六尺棒を観客に向け、うろうろと歩き始めた。

「なにをしているのだ」

「よくわかりませんが、どうやらかもを探しているんでしょうねぇ」

「かもとな」

やがて目を開くと、厳《おごそ》かな声音で、

「いま、お前さんたちの目には見えない力が、私に降りてきておる。その力を見せてしんぜよう」

そういうと、秀蓮坊は町人らしき男を呼んだ。

「お名前を」

手を引かれて前に出た町人は、おどおどしながら、民三《たみぞう》と答えた。

「では、民三さん。この手ぬぐいで私に目隠しをしてもらいたい」

黒い手ぬぐいだった。それを民三に渡して、前に立つ。民三は、なにをするのか、わからぬ風情《ふぜい》のまま、目隠しをして、後ろで縛った。

「次に、そこにある黒い袋を持ってきてもらいたい」

民三は、旗指物のそばにある台の上に置かれてある黒い袋を持ち出した。

「持ってきたら、それを私の頭から被せてもらおう」

いわれたとおり、袋を被せてもらい、袋の位置などを直しながら、

「これで、私はまったく外を見ることはできなくなった」

手を伸ばして、そこになにがあるのか、わからぬという行動を取ってみせる。

「だが、私には目には見えない力が宿っておる。つまり心眼《しんがん》だ」

そういって、秀蓮坊はまるで目が見えているように、すたすたと旗指物まで戻り、やはり台の上に置かれていた笊《ざる》を手にすると、

「これで、いまから皆さんが投げる銭を受け取ることにする。さすがに、一度に投げられては無理だ。ゆっくり、ひとりひとり投げていただきたい」

そういうと観客のなかの三人を指名して、順番に投げろと指定する。

観客は、息をのんで成功するかどうかを見守っている。

弥市まで真剣な目をしている。

三人のうちのひとりが、いわれた通りに投げ銭をした。

すると、見えなくなっているはずの秀蓮坊は、いとも簡単に銭を笊で受け取ったではないか。

「ふたり目」

次の客は、いやらしく、ちょっと遠くへ投げたが、それも簡単に体を動かして、受け取る。

三人目も、問題なく笊に銭は入った。

どっと観客から拍手と、賞賛の声があがった。

秀蓮坊は、旗指物のところへ戻り覆面と目隠しを外した。

「見たかな。これが私の力だ。つまり心眼で目に見えぬものが見える。さらに、私が得意としてるのは、化け物降ろしである……」

それから、秀蓮坊はこの世には恨みを持った化け物がうようよしている。なかには、その連中に取り憑かれたままになっている家があり、そんなところで暮らし続けると、病に冒《おか》され身上《しんしょう》をつぶすこともある、と説いた。

「心配な人は、申し出てもらいたい」

観客を睨みつけた。

客のうち、数人が手を上げると、では、その方々こちらへ、と旗指物のそばにある台のところへ連れて行き、なにやら訊いたり書かせたりして、実演が終わったのであった。

二

「あんなことができるんですねぇ」

輪からはなれて、弥市はしきりに感心している。さっきの目隠しに加え、袋で顔を覆ってまで、投げ銭をきれいに笊に入れることができた術に、驚いているのだ。

「親分」

「なんでしょう」

「この世に種のない手妻《てづま》はないのだよ」

「はい？　旦那は驚かねぇんですかい？」

「まったく、驚かんな」

「お侍ですからねぇ、簡単に驚いたり感心したりはできねぇんでしょうねぇ。可哀想なもんだ」

「可哀想なのは親分だ」

「はて、なぜです？」

「あの程度のからくりに目を騙《だま》されてはいかんぞ」

「からくりですかい？」

「じつに、まったくのからくりもからくり、騙しだな」

「じゃ、種を教えてくだせぇ」

「簡単な話だ。秀蓮坊が目隠しをしたのに、どうしてわざわざ袋を被ったのだ？」

「それは、もっと見えなくするためでしょう」

「その逆だ」

「へぇ？　あのほうが見えるんですかい？」

「見えるようにするために、袋を被ったのだ」

「さっぱりわからねぇ」

　わっははは、と千太郎は笑い声のまま、謎解きはやめた。

「最後まで教えてくださいよ」

「そのうちわかるであろうよ」

「……本当は、わからないんでしょう」

「ばかなことをいうな」

「では、教えてください」

「手妻のようなものは、知らぬうちが花でな。知ったら、まったくつまらぬことになるから知らぬほうがよい」

にやにやする千太郎に、弥市は、子どものようにじれたが、とうとうそのままになってしまった。

「親分、あの秀蓮坊というのは、怪しいぞ」

「それは、あんな術を使うんですからねぇ」

「それだけではない、あんな騙《かた》りの化け物降ろしなどで、気が弱くなっている者たちを騙しておる」

「みんながそれでも喜んでいるなら、こっちは手を出せませんや」

騙り、という歴然とした証拠があるわけではない。なにしろ、目に見えない化け物を相手にしているのだ。

「秀蓮坊とは、何者だ」

「あの格好からみると修験者のように見えますけどねぇ」

「格好に騙されてはいかん」

「それはそうですが……野郎をつけてみますかい？」

ふむ、と千太郎は頷いた。

振り向くと、秀蓮坊は旗指物をたたんでいるところだった。これから塒《ねぐら》に帰るのだろうか、と弥市が忍び見た。

脇に旗指物と六尺棒を抱えて、奥山から五重塔方面に向かって進んでいくとなりに、さきほど憑き物を落としてほしいと手を上げたなかのひとりが並んでいる。

着物は木綿で、月代《さかやき》もきちんと整えていない町人だ。履いているのは、ぼろぼろの草履。どう見ても、裕福とは思えない格好である。

手を上げたなかには、大店の旦那と思えるような者もいたはずだ。それをどうして、見るからに金になりそうにない相手を選んだのか？

そんなことを考えながら、弥市は千太郎と一緒に秀蓮坊を尾行する。

千太郎はあまり気乗りがしていないのか、きょろきょろ見回しながら、ときどき足を止めてみたり、まったくやる気がないようにしか見えない。

「旦那……」

あん？　と例によって惚けた顔つきをするだけで、悪びれたふうではない。

やがて、秀蓮坊たちは、大川に出て川沿いを下り、鳥越町《とりごえちょう》に出て、さらに進み鳥越神社の近くで長屋に入っていく。

なんの変哲もない長屋である。

「あのふたり、仲間じゃねぇですかねぇ」

金儲けが目的なら、このような貧乏長屋に住む男を選ぶはずはないだろう。しかし、秀蓮坊が長屋に入っていくと、期せずして拍手が湧き上がったのだ。

障子戸がすべて開かれ、なかから年寄りの女房、若い女房、職人ふうの男、浪人髷の侍、うさんくさそうな総髪の男などなど。

秀蓮坊を待っていたのだろうか、家から出てきてうれしそうに体を触ったり、足にまとわりつく子どもなどで、くしゃくしゃである。

歓待のなか、秀蓮坊は横柄な態度を取りながら、進んでいく。

といっても、九尺二間の棟割り長屋。左右に五軒ほどなので、すぐ取っ付きの井戸端にぶつかった。

秀蓮坊を連れてきた男は、一番奥の戸を開き奥に招き入れた。

木戸の前から少しはずれた場所で千太郎と弥市が、なかに入るかどうか悩んでいた。

「旦那……どうします？」

「待つことにするか……それとも」

「それとも、ほかに策がありますかねぇ」

「ある、いや、ないか。いやいや、あるかもしれぬ」

「どっちなんです？」

「わからんから困っておる」

なんだ、という顔で弥市は千太郎に目を送った。

「そのような目で見られても、困る。そんなことより、私はちとほかのところに行きたいのだが」

「どこへ？」

「わからぬ」

「またですかい。なんとかしてくれませんかねぇ、その性格を」

「私も困っておるでなぁ。雪さんに治してもらうしかないかもしれぬ」

「はいはい、ご馳走さまでした」

「秀蓮坊がなにをするか、見届けてほしい」

「それは、いいのですが、旦那はどこへ？　あぁ、わからぬ、ですね」

にやりとしてから千太郎は、そこから離れていった。

鳥越の長屋から離れる千太郎の背中を見ながら、行き先を気にしながらも、秀蓮坊の行動を見届けなければいけない。

木戸から離れた場所では、動きを見ることはできない。

音も聞こえてこない。部屋のなかでどんなことをしているのか、まるで知ることはできない。

弥市は、思案する。

思い切って、長屋に入っていくか。

だが、十手持ちが来たと知れば、長屋の者たちだけではなく、秀蓮坊もその場からいなくなってしまうかもしれない。

それなら、秀蓮坊がなにをしたのか、長屋の者たちを後で問い詰めたほうがいいのではないか。

まずはここにいて、秀蓮坊が消えるのを待ったほうがいい。

そう決心した弥市は、木戸の周囲を見回し、高台を探した。すぐ目に入ったのは、歓喜天《かんぎてん》を祀《まつ》っている待乳山《まっちやま》であった。だが、そこまで行ってしまうと、長屋から秀蓮坊が出てくる姿は見えない。

反対側を見ると、大川沿いに原っぱがあった。傾いた床几《しょうぎ》が転がっているのが見えた。弥市は、そこまで行って、横になった床几を直し、腕を組んで座った。秀蓮坊が長屋から出てくるのを見張ることにしたのである。

弥市と別れた千太郎が向かったのは、秀蓮坊が大道芸を見せていた場所だった。

いまは、ほかの芸人が腕を見せている。

剣を操って、いろんなものを切って見せているのだった。

蝦蟇《がま》の油売りかと思ったが、切り傷ではなく、腹下しに効くのだと、なにやら桐油《とうゆ》紙《がみ》に包んだ怪しげなものを売っている。

そんなものには、無用な千太郎である。

周囲を見回すと、少し離れたところで、筵を敷き、そこで竹とんぼや、籠など竹細工を売っている男を見つけ近づいていった。

「邪魔だ」

いきなり、どけといわれて思わず、跳び退いた。

「これは手厳しい」

「客かどうかは歩き方でわかるのだ」

まだ二十代の半ばと思える男だった。筵の上で胡座《あぐら》をかき、小刀で竹を削りながらだった。こちらには、目を向けていない。

「なかなか鋭いなぁ」

「足音でわかる」

「ほう。どこが違うのだ。後学のために教えてもらいたいものだ」

「なにか買おうと探している足音は、買う買う、と音がする」

「まさか」

「信じなければ、それでいい。とにかく客ではないなら、どいてもらいたいものだ」

「すまぬが、ちと訊きたいことがあってな」

「さっき、あの秀蓮坊の手妻を見破ったお人だな」

「おや……」

「岡っ引きらしき男と歩いていく途中の会話が聞こえていた」

「おぬしは、なかなか耳がいいらしい」

「細工の腕はもっといいぞ」

横柄な応対だが、千太郎は怒りもせずに、

「わははは、なかなか度胸がある」

「……どうやら、客じゃなさそうだが、嫌な侍でもなさそうだから、話を聞いてやろう」

「それはありがたい」

千太郎は、それまでの笑みを真面目な顔に戻して、

「秀蓮坊を見ていた客のなかで、手を上げた者の名前を知りたいのだが、どうかな？」

「どうしてあっしに？」

ようやく男が顔を上げて、千太郎と目を合わせると、ふと驚いたような目つきになった。

「おやぁ？　お侍さんは、ちとそのあたりにいる浪人さんとは異なるお人らしいなぁ」

「わかるかな」

「俺は竹とも会話ができる。だから、人のことはもっとわかるのだ」

「なるほど」

真面目に返答した千太郎に、男は呆れ顔を見せながら、

「その惚けがどこまで本当なのか、よくわからねぇが、まぁ、悪い人ではなさそうだから、教えてやろう」

「知っているのか」

「秀蓮坊のあの騙りは、金持ちは騙される話し方だからなぁ」

「なるほど」

「だけど野郎は、わざと金持ちを無視しながら、化け物降ろしの話をする」

一度目に金持ちが手を上げても、選ばない。仕方なくもう一度この場所に来る。それでも駄目で、三度目くらいにようやく、選ぶというのだ。

「なるほど、人の心を知っているやりかただ」

「ばかな金持ちほど、騙されるのよ」

「やはり、騙しか」

「この世に化け物なんかいるはずがねぇ。俺の竹がそういっている」

にやりと男は頬を歪ませた。

「ところで、名前はなんという」

千太郎の問いに、男は余計なことを訊くな、といいたそうだったが、

「竹二郎《たけじろう》」

とぶっきらぼうに答えた。

「なるほど、それで竹細工が上手なのか」

「名は体《たい》を表すというからな」

「ははは、なんか違うがまぁよい。で、金持ちの名前を教えてもらおうか」

竹二郎は、三人手を上げたなかで、一番は浅草広小路で呉服屋をやっている、山城《やましろ》

屋兆右衛門《やちょうえもん》だ、と答えた。

「広小路を歩けば、すぐわからぁ。店前に山と城が描かれた看板がぶら下がっていますよ」

「それはありがたい」

ていねいに礼をいって、千太郎は竹二郎と別れ、広小路に向かって進んでいく。

三

こんな奴のところに長居は無用だ……。

秀蓮坊は、毒づきながら、新八《しんぱち》という男の長屋で嘘っぱちの祝詞《のりと》を上げていた。となりでは、神妙な顔をした新八が、頭を垂れている。

こんなところに、化け物などいるものか。

いや、いたとしても、それを呼び出して降ろすことなどできるわけがない。

だが、長屋の連中が外で見届けようとして集まっている。

がやがやとうるさい……。

やかましい、と一度、叫んだら少しは声がやんだ。

しんとしたそれもまた、ばかな連中としか思えない。

秀蓮坊は、いかにも畏《かしこ》まった声で、意味不明の呪文《じゅもん》を続ける。

それが、真実に聞こえるのは、元は舞台に立って、似たような役をやったことがあるからである。

江戸で、こんな馬鹿な騙りを始めたのは、秀丸《ひでまる》という名で旅役者をやっていたときに、失敗をしたからだった。

旅から旅への役者は、その土地の有力者との付き合いが重要である。贔屓《ひいき》筋になってもらって、ご祝儀をもらう。その一部を座主に渡す。

当然、贔屓筋が大勢いる役者は、いい役につけるようになるのだ。

特に、秀蓮坊がいた一座は、金がものをいった。座主が、それだけ金の亡者だったからである。座主は、中山半三郎《なかやまはんざぶろう》といって、もともと江戸三座にも籍を置いていたことがある、というのが自慢の男だった。

四十を越えているというのに、女癖が悪く美鈴《みすず》というやっと二十歳になった女房がありながら、旅の興行先では、必ず悶着を起こすような男であった。

半三郎から粗略に扱われていた秀蓮坊であったが、美鈴は秀蓮坊が役者としては、ほかの連中よりも、一枚上だと認めてくれた。

二十三歳の秀蓮坊は、やさしい美鈴に惚れた。

ここで、お定まりの道行きとなる。

「半三郎などという男とは一緒にいたくない」

という美鈴の言葉に、秀蓮坊の気持ちは動いた。

「一緒に逃げよう」

ついに口に出してしまったのである。

しかし、ふたりの素振りが怪しいと半三郎が気がついた。

半死半生の目に遭わされ、甲府の町で置き去りにされた。当然、美鈴はそのまま連れて行かれてしまった。

美鈴の瞼から頬にかけても、大きく腫れていた。

息も絶え絶えになっている秀蓮坊に、半三郎はうそぶいた。

「馬鹿野郎め。そんなに美鈴が欲しければ千両持ってこい。そうしたらこの女をあげよう。そうさ千両役者になって稼いで、取りに来いよ！」

蹴飛ばされたとき、

「待ってます！」

美鈴の声だった。

地面に這いつくばりながら、秀蓮坊は心で叫んでいた。

「待ってろ！　必ず迎えに来るからな！」

金を稼ぐには、江戸に出るのが一番。

秀蓮坊は江戸で騙りを始めることにした。

幸い、役作りをしたことがあるから、修験者になるのは簡単だった。それに、舞台の裏方をやりながら、仕掛けを作っていたこともある。

そのときの知識を役に立たせるには、なにが一番いいのか考えたあげく、化け物降ろしという芝居仕立ての騙りを思いついたのである。

詐欺《さぎ》をやるには、目に見えないことで、恐怖を植え付けるのが一番だろうと思案したからだった。

といって、すぐ奥山に大道芸人として立てるわけではない。それまでに、化け物降ろしをやるための、仕掛けを作らなければいけない。

秀蓮坊は、根津《ねづ》の奥にある法斎寺《ほうさいじ》という小さな寺に臨時の寺男として入り込んだ。

世間から顔を隠すには、寺が一番だった。

あるとき、化け物降ろしをやるための仕掛けを作っていると、

「なにを作っておる」

不思議な顔をして、住職の法顕《ほうけん》が訊いた。

「お前はなにか秘密を持っておるな？」

日頃のおこないから、そのように見られていたらしい。

最初は惚けていたのだが、

「寺男とはいえ、仏に仕える身にかわりはない。きちんと話してみなさい」

法顕のやさしい言葉に、思い切って事の次第を話してみると、

「それはまた……」

騙りは罪である。簡単に理解してくれるとは思っていなかったが、

「からくりを作ったとしても、ひとりで操れるのか」

「誰か仲間を探そうとは思っていました」

「おかしな奴らを使うなら……」

そういって、法顕は手を叩いた。やってきたのは、修業中の兼行《けんこう》という十六歳の小坊主である。

「この者を手伝いなさい」

ひとことであった。

法顕から詳細を聞いている兼行は、はぁはぁと息を荒くし、唇を噛み体が震えだし

た。仏に身をまかせる、まだ修業中の身だ。

悪事に手を貸せといわれて、そのまま二つ返事をするわけがないのだな、と思ったとき、

「美鈴さんを取り返しましょう！　なんてぇ野郎だ、その半三郎という男は！」

若い兼行は、話を聞きながら義憤にかられていたのだった。

こうして秀蓮坊は、兼行の手伝いもあり、大きな提灯やら、影絵などを使い、化け物を現出させるからくりを作り出したのである。

広場から秀蓮坊が入っていった長屋を見張っていた弥市は、四半刻もしないうちに、秀蓮坊が出てくる姿を認めた。

「いやに早ぇな」

先頭を切って、秀蓮坊が意気揚々と出てくる。その後ろから、長屋の連中がぞろぞろとくっついている。

誰かの大きな声が聞こえた。

「ありがとうございました！　これで、心置きなくうちには、化け物がいなかったと安心して暮らすことができます」

なんだい、結局いなかったのかい……。

苦笑した弥市だが、長屋の連中は気が晴れているらしい。

一度、足を止めて、くっついてくる連中にていねいにお辞儀をした秀蓮坊は、手でこれ以上ついてくるなと制して、

「では、失礼いたす」

と踵を返した。

弥市は、離れながら秀蓮坊の後をつけていく。

川風が左右に舞っているなか、秀蓮坊は白衣の裾や袂を翻しながら大川沿いを下っていく。

「どこに行くんだあの野郎は……」

ひとりごちながら、弥市は見つからないように、注意しているのだが、どうにも後ろにも目がありそうな気がしてならない。

そんなわけはないと思いながら、やはり、化け物降ろしという言葉が引っかかっているのだ。

騙りだ、と千太郎はいうが、本当にそうなのかどうかわからねぇ、と思っているからだった。

鳥越から南に降りていくと、右手に光っている金竜山《きんりゅうざん》浅草寺の五重塔がよりはっきり見えるようになったあたりで、秀蓮坊は、足を止めた。

「おや？」

同じように止まった弥市だったが、すぐ、追いかけた。秀蓮坊が、小走りになって、角を曲がったからだ。

待て、と声をかけるわけにはいかない。

尾行していると気がつかれたのだろうか、と不安になりながら、角を曲がった。

「おやぁ？」

そこに秀蓮坊の姿はなかったのである。

すぐ、前から大八車を引いてきた男とすれ違った。

後ろを押す男は、汗をかいているのか、手ぬぐいで顔を拭きつつ早く行こうぜ、と叫びながら押している。

前の男は後ろを振り向いてなにかいおうとするが、後ろの男が、あれこれ声をかけるので、前を向いて進みだした。

荷駄は積んではいない。もし、荷駄があればそのなかに隠れたと予測することができるが、その兆候もない。

「いま、ここを誰か通らなかったかい」

早く帰りたそうにしている後ろの男に聞いた。

「さぁ？　誰も見てませんねぇ」

見るからに岡っ引きと思える男とは、関わりにはなりたくないのだろう、早く行こう、と押す力を増す。

しょうがねぇ、と弥市は、離れていく大八車を見ながら、

「やはり、奴は天狗かなにかだ……」

いきなり消えた秀蓮坊に、弥市はそう考えるしかなかった。

四

竹細工屋の竹二郎から聞いた山城屋は、確かに広小路を歩いていると、山と城が描かれた看板がすぐ目に付いた。

それにしても大きな看板である。

「おぉ……」

思わず、千太郎は看板の前で背伸びなどして、自分の背丈と比較してしまった。

「こうなると、大きいとはいっても、ただの看板ではないか」

笑いながら、店のなかに一歩踏み込んだ。その瞬間、

「いらっしゃいませ！」

手代がふたりで叫んでいる。その大きな声に、千太郎も怯《ひる》むくらいだった。会話のなかにときどき、上方《かみがた》なまりが入るのは、山城屋というだけあって、本店は京にあり、ここは江戸店なのだろう。

手代たちが客に見せている呉服は、西陣織が多いのも、それを現している。千太郎は、声をかけてきた手代に、

「じつはな……」

耳元で囁いた。

「はい？」

「主人と話をしたいのだ」

「あの……」

「あぁ、約束はしてないのだが、化け物について話したい、と伝えてくれぬか」

「はぁ……」

二十歳前後だろう、まだ額ににきびを残した手代は、怪訝な目つきで千太郎を見る

が、どこか威厳と高貴な雰囲気に包まれた雰囲気に気後《おく》れしたらしい、

「では、ここでお待ちください」

頭を下げて、奥へ引っ込んでいった。

しばらくすると、戻ってきて、どうぞお上がりください、と誘った。

廊下を進んで、一番奥の障子戸を開くと、部屋で主人らしき男が座って待っていた。

長火鉢の後ろに座っていたのだが、千太郎が足を踏み入れたら、

「これはこれは……どうぞこちらへ」

と自分は下座に移動する。

「これはすまぬ」

寒がりなのだろう、長火鉢のなかには火が熾《おき》ている。部屋がほんのりと温かいのはそのせいだろう。

「あのぉ……」

どこの誰かもわからぬが、おそらくは化け物降ろしの件だと聞いて、招き入れたに違いない。

「私が山城屋の主人、兆右衛門でございます。なにか秀蓮坊さまのことでお話があるとのことですが」

「ふむ。じつはな。あの秀蓮坊とはどこで会ったのか、それを訊きたかったのだ」

「はぁ……」

腑《ふ》に落ちない顔をしながら、

「どこで、と申されましても、奥山で会ったといいますか、あの大道芸を見ていた、としか申し上げることができませんが……」

それになにか問題でもあるのだろうか、といいたそうな顔つきだった。不服があるというより、不安顔である。

「誰かの紹介ということでもないのであるな」

「はい。たまたまあの芸を見たということだけでございます」

「それならいいのだが」

「あのぉ、あなた様は……」

「ほい、これは申し遅れた。私は、山下の片岡屋というところで、書画、骨董、刀剣などの目利きをしている千太郎というものだ」

「あ、あの……片岡屋さまのお目利きさまでございましたか」

「おや、ご存知かな」

「はい、片岡屋さまとはときどき、講《こう》などでお会いする機会がありますので」

「どうせ、またくだらぬことを申しておるのであろう」

「いえいえ、あのかたはなかなかのやり手でございますし、世情にも長《た》けており、人物でございますよ」

「なかで見るのと、外で見るとは大違いということか」

わっはは、と千太郎は大笑いする。

一緒に、兆右衛門も肩を前後に揺すって、

「面白いおかたですねぇ」

「あの治右衛門がか？」

「いえいえ、千太郎さまでございます」

「そうであるかなぁ」

はい、と答えて兆右衛門は、ふふふと笑った。

ところで、と千太郎は佇まいを直して、秀蓮坊はここに来るのか、と問う。兆右衛門は、はいと答えて、

「どうしてそのことを？」

「なに、蛇の道は蛇だ」

「はい？」

「気にするな。ようするに、私は秀蓮坊がどんな術を使うのか、それを知りたくてな。いわば、行く先々を追いかけているのだ」

「ははあ……」

疑惑がまだ残っている目だが、取り敢えずは、信用したほうがいいと判断したのだろう、兆右衛門は頷いた。

「では、なにをお答えしたらいいのでしょうか？」

秀蓮坊がどんな術で化け物を降ろすのか、それを実際に見たい、と告げた。

「だが、私がいるのは知られたくないのだ」

「つまり、どこかに隠れて見ていたいと？」

「そのとおり」

そうですか、と兆右衛門は得心顔をしながらも、まだ、不審顔は続く。

「それを見てどうするのです？」

「できればそのうち、同じような仕事をしてみたいと思っているのだ」

「お侍さまがですか？」

「いかぬか？」

「いけなくはありませんが、そぐわないと思いまして」

「なにが合っているかな？」

「そうですねぇ、さしづめ、お殿様ですかね」

「これは、うれしいことをいうてくれるものだ」

口を開いて喜ぶ千太郎に、兆右衛門もついつられて、笑う。

「不思議なかたですねぇ、お侍さまは」

「よくいわれるのだ」

「あはは、そうでございましょうなぁ」

「そんなことはよいから、秀蓮坊を見せてもらえるかな？」

「承知いたしました。今夜、暮五つにおいでくださいませ。秀蓮坊さまは、五つ半に顔を見せることになっております」

「いやいや、それは楽しみである」

よろしく頼む、とかすかに頭を下げて、千太郎は、五つに来ると約束して辞したのであった。

弥市は、秀蓮坊にまかれた後、片岡屋に行こうか、どうするか考えた。このまま千太郎に会ったところで、秀蓮坊に関しての新しい手がかりはない。

さらに、うまいこと逃げられてしまったなどと伝えたら、千太郎にどんな言葉で馬鹿にされるかわからない。

そう考えたら、別のなにかを探り出してから千太郎に会ったほうがいいような気がしてきた。

では、どこの誰に会って、どんな手がかりを得るといいのか？

考えてもいい案は浮かばない。

これは、困った、とひとりごちる。

あれこれ考えている間に、秀蓮坊の姿が消えた理由が突然ひらめいた。

「大八車だ！」

あれは、最初ひとりで引いて来たのではないのか。

荷駄はまったく載っていなかった。

それをふたりで引くのは、理に適《かな》っていない。

それに、後ろの男は手ぬぐいで汗まで拭いていた。

あれは、顔を隠すためではなかったか。そうやって、弥市に顔をはっきり見られないようにしていたに違いない。

それに、後ろの奴はやたら前に話しかけていた。あれは、おかしなことをいわれないようにしていたのだろう。だいたい、いきなり後ろを押しだしたのだ、不審に思われるのは仕方がない。

だから、前の男はなにか怪訝な顔をしていたのだ……。

いきなり後ろから押されて、しかも、わけのわからんことをいわれて……。

「ちきしょーめ！」

気がついたら簡単な手妻のようなものだ。

「あの野郎、化け物降ろしも似たような手妻を使ってるんじゃねぇのか？」

だが、目隠しと覆面を被ってまで投げ銭を笊で拾えたのは、なぜだ？

それだけは、解明できず、足元にある小石を蹴飛ばした。

まんまと逃げられた……。

腹が立ってならない。これはどうしても、野郎の化けの皮を剝がねば気がすまない。

「あの野郎、必ず手を後ろに回してやる！」

つい大きな声が出てしまった。

すぐそばでふらふらしていた犬が、驚いて、尻尾を振って逃げだした。

五

秀蓮坊にまかれてしまった話を聞いた千太郎は、大笑いしながら、

「いやいや、親分もからくりによく気がついた」

「ですが、まだ例のやつはわかりません」

「例の？」

「覆面でさぁ」

あぁ、と千太郎は、脇息をそばに引き寄せて、

「まだわからぬか。では、教えよう。あのとき、目隠しをされたが、その後、袋を被ったであろう？」

「へぇ。それが眼目《がんもく》のようなことをおっしゃっていましたねぇ」

「あのとき、後ろを向いて袋の位置を確認するようにしていたのを覚えておるかな？」

「あぁ、台のほうに行って、なにやらやってましたねぇ」

「あのとき、袋をいじりながら、下の目隠しを動かしたのだ」

「……え？」

「あの袋は、目が粗《あら》かった。つまり、うっすらと外は見えるのだよ」

「あ、あぁ……」

「袋を動かすようにしながら、下の目隠しをずらして、目から外してしまえば、布の目が粗いから、見える。これが種明かしだ」

なるほどねぇ、と弥市は感心しきりだったが、

「喜んでいる場合じゃなかったぜ」

「あははは。じつは、これから山城屋に行くのだ」

「あっしも一緒に行ってもいいですかい？」

「もちろんだ」

「よし、尻の毛を抜いてやる」

憤っている弥市は、なんとか秀蓮坊を捕縛したくてしょうがないのだ。それだけに、いつになく張り切っている。

そんな弥市を千太郎は、にやにやしながら、

「そんなに肩に力が入ると、疲れるぞ」

「それだけ怒っているってことでさぁ」

「まぁ、いいだろう」

暮れ五つになる少し前、ふたりは山城屋に着いた。

兆右衛門は、どんなことになるか楽しみでもあり、怖いともいった。なにが怖いのか、と弥市はまだ機嫌が悪い。

秀蓮坊が術を施すのは、兆右衛門の部屋だ。そこは、寝所にもなっているので、もし化け物が降りてきたら、いままで、一緒に過ごしていたと考えなければならない。

「それが恐ろしいのでございます」

兆右衛門は首をすくめる。

その前に、部屋を見せてもらおう、と千太郎が頼んだ。

なにか理由があるのかと問う兆右衛門に、

「部屋の造りを見ておきたいのだ」

と告げた。

「私も、じつは化け物が見えるのでなぁ」

「本当ですか?」

「もちろんだ」

だから、秀蓮坊がどんなことをやるのか見て学びたいのだ、と千太郎は真剣な目をする。

「わかりました」

兆右衛門は、こちらへどうぞ、と寝所へ案内する。

部屋は思ったより質素なものだった。壁際に箱簞笥《はこだんす》とその横に衣桁《いこう》が置かれてあるだけである。

客間は、床の間や違い棚があり、そこには高価そうな壺やら、掛け軸などがかけられていたが、寝所ですから、と兆右衛門は言い訳めいた言葉を吐いた。

弥市はこんないい部屋で寝ているのか、と面白くなさそうである。

「俺の部屋とは雲泥《うんでい》の差だぜ」

誰にいうともなく、呟く。

兆右衛門は、それにには反応もせずに、

「秀蓮坊さまは、どのような術を使うのでございましょう」

「それを知りたくて、来ているんだ」

弥市は、すこぶる機嫌が悪い。

兆右衛門はまぁそうですが、と鼻白《はなじろ》む。

ふたりの会話を聞きもせずに、千太郎は、壁を叩いたり、箪笥の裏を覗いてみたり、衣桁を動かしてみたりする。

「なにかありますかい？」

弥市の問いに、ないな、と答えた。

「まだ、一度もここには来たことはありませんからねぇ」

「とんでもねぇ手妻みてぇな術を使うんだ。なにを仕掛けているかどうか、わからねぇだろう」

「それは、あの秀蓮坊は、騙りということですか？」

驚き顔をする兆右衛門に、

「当たりめぇだろう。化け物などこの世にいてたまるか」

「はぁ、そんなものでございますかねぇ」

そこに千太郎が口を挟んだ。

「山城屋さんは、そんなことを考えずともよいのだ」

「はい、まったく思っていません」

「とにかく、秀蓮坊のやったことをじっと見ていてもらいたい」

「もちろんでございます」

「それとな」

兆右衛門を見つめて、

「どこぞに寮を持っておるかな？」

「根津に一軒ありますが」

「では、そちらも見てもらいたい、と頼むのだ」

「最初からそのつもりでした」

ふたりの会話を、弥市はむっとした顔で聞いている。


刻限がきた。

秀蓮坊は、誰か供でも連れてくるのかと思っていたが、ひとりだった。

寝所をぐるりと見て回り、

「この障子戸は開いておきたい」

と兆右衛門に頼む。

「それは、なにか理由があるのですか？」

「化け物の通り道を造っておく必要があるからである」

威厳ある声音で秀蓮坊は語る。

奥山で芸を見せているときとは、なんとなく雰囲気が違った。緊張しているとも見えないから、それも演出のひとつなのかもしれない。

大道芸で立っているときと同じなのは、頭に兜巾を被り手甲脚絆姿など、修験者の格好をしていることである。

さすがに、旗指物と六尺棒は持っていない。

千太郎と弥市のふたりは、となりの部屋に隠れている。

「よいか、今日はなにもするでない」

身を潜めながら、千太郎が弥市に告げる。

「なぜです？」

「秀蓮坊がどんなことをやるのか、それを見るのが今日の目的だ。捕まえることではないからだ」

「もったいねぇことで」

「心配はいらぬ。化け物が本当に出てきたら、それはそれでお慰みではないか」

「いませんよ化け物など」

「いや、いる」

「おや？　宗旨替えしたんですかい？」

「悪事を働く者たちは、すべて化け物のようなものだろう」

「あぁ、そういうことですかい」

確かにそうだ、と弥市は頷いた。


化け物降ろし術の準備が始まった。

なにやら、黒い布を部屋の一番広い壁がある場所に広げて、周囲を真っ黒に変えた。

「奴らは明るい場所は嫌いなのだ」

秀蓮坊は、ぶつぶついいながら設置する。

簞笥は仕方ないとして、衣桁の場所を一番、端に異動させた。

「できるだけ、広場があったほうがよい」

兆右衛門は、そんなものかと答えるしかない。秀蓮坊のやることに不服をいっても仕方ないだろう。

「よしなにお願いいたします」

「まかせておきなさい」

自信満々の顔つきで、秀蓮坊は、担いできた大きな風呂敷を解く。すると、三つ折になった小さな台と、皿と丼、香炉が出てきた。

なにをやるのか、と兆右衛門が見ていると、台を黒い布を張った前に設置し、

「塩とごはんをいただきたい」

慌てて、女中を呼んで、台所から塩とごはんを持って来させた。

秀蓮坊は、塩を皿に入れ、ごはんを丼に盛った。

次に、香炉に火を入れた。

白い煙が部屋を包み、いい香りが漂う。

香の香りを嗅いでいると、なんとなく眠くなるような気がした。ちょうど、ほろ酔い加減という感じだ。

「なにかいい気持ちになってきました」

「そうであろう」

余計なことはいわずに、秀蓮坊は台の前に正座すると、目の前に掛け軸を立てかけた。

「後ろに座っていてください」

厳かにいった。

頷いて兆右衛門が、座る。

内儀は、こんな恐ろしい作業など見たくはない、と実家に戻っている。したがって、

秀蓮坊の後ろに控えるのは、兆右衛門ひとりである。

神妙な顔つきで座っているが、膝を動かしたり、手を握ったり、なかなか落ち着かないのは、となりの部屋にいる千太郎と弥市のことが気になっているらしい。

しきりと、廊下に目を向けている。

やがて、秀蓮坊の祝詞ともお経ともなんともいえない、呪文のような言葉が吐き出され始めた。

兆右衛門が背中を伸ばして緊張した顔つきになった。

風呂敷を開いたときには、見えなかったのだが、護摩焚《ごまた》きのような手の動きをしながら、香炉になにかを入れていく。

そのたびに小さな火柱が上がり、ボォっという音が聞こえた。

聞きなれない音のせいだろうか、火柱が上がるたびに、兆右衛門の体はびくりと蠢いた。よほどの恐がりなのだろう。

秀蓮坊の呪文は最初は低かったが、しだいに大きくなり始め、最後は大声に変わった。その声を聞いているだけで、化け物は驚いて逃げていくのではないかと思えるほどだった。

六

廊下の外から、なにやら音が聞こえだした。

なんだろう、と兆右衛門は首を廊下に向ける。誰もいない。だが、ぼんやりと外に見える庭に、影が浮かんでいるように見えた。

「あれは？」

誰か使用人がこちらを覗いているのだろうかと思って目を見開くと、そうではなさそうである。

「なんだ、あれは？」

つい声が出る。

秀蓮坊は、相変わらず正面に掲げた掛け軸のような物に向かって、呪文をあげ続けている。

後ろでなにが起きているのか、気にする素振りは見えない。

そこの黒布に、うっすらとなにかの影が浮かび上がっていたのである。その姿はまるで、海から出てきた入道《にゅうどう》とも見えるし、または、大きな仏像が歩いているようにも見えた。

黒布に浮かぶ白いもやもやした形は、そこからなにかがこちらに向かって来るような気配を醸し出している。

これがうちに住んでいた化け物かと、兆右衛門は、四つん這いになりながらずり下がって廊下に出た。

「止まれ！」

秀蓮坊が叫んだ。

はっとなって、四つん這いになって逃げようとした兆右衛門の手足が止まる。

「あっちだ！」

あちこちに秀蓮坊の指先が変わりながら、差し続ける。そのたびに兆右衛門は、四方八方に目を向けなければならない。

「かぁ！」

禅宗の僧侶が喝《かつ》を入れるような声で叫ぶと、

「これを見よ！」

最後に指差したのか、黒布だった。

「わ！」

なんとそこからなにかが飛び出して、兆右衛門をかすめて庭に飛んでいったではないか。

「な、なんです、いまのは」

「化け物が逃げていったのである」

超然とした声で、秀蓮坊が答えた。

「逃げた……」

「いままで、あれがあなたの家に取り憑いていたのです」

「まさか」

「信じられないかもしれぬが、実際にさきほど、いるはずのないところから、なにか黒いものが飛んでいったではないか」

「確かに……」

「あれが、巣食っていた物《もの》の怪《け》である」

「物の怪……」

「間違いない」

「はぁ……」

いまや、兆右衛門は息も絶え絶えであった。

そんな兆右衛門の姿をじっと見ていた秀蓮坊だったが、

「起きなさい」

はぁはぁ息を荒げている兆右衛門のそばまで行き、手を貸して起こした。

「もう心配はない」

「はぁ……しかし、あんなものがどこに隠れていたのでしょう？」

「逃げたのだから、もう気にすることはないだろう」

「まぁそうですが」

「ところで、お代をすぐいただきたい」

「は、はい……あの」

「百両だ」

「ひ、百両」

「いわなかったかな？」

「初めて聞きましたが……」

兆右衛門は、首を振りながら、千太郎の言葉を思い出した。

「百両出しますが……私は根津に寮を持っております。後日、そちらも退治していただけませんか」

「同じく百両だが、それでよければ」

「もちろんです。あんなおかしな化け物が家のなかに巣食っているとしたら、これは大問題です」

「確かに。よくいままで問題もなく生きて来れたものだ。だが、これからはどうなるかわからぬところであったのだ」

「はい。助かりました」

「承知した。その根津のほうもお助けしよう」

「ありがたい」

となりで聞いている千太郎と弥市は、兆右衛門がうまく秀蓮坊の気持ちをその気にさせてくれたと、ほくそ笑んでいる。

百両を手にした秀蓮坊は、すぐ帰っていった。

隠れていた千太郎と弥市は、おもむろに姿を見せて、兆右衛門にうまく芝居をしてくれた、と誉めると、

「あれは、本気で怖かったんですよ」

弥市も、庭になにやら影が見えて、それが夜空を飛ぶように移動していったと、体

を震わせている。千太郎は、ふたりともどこを見ていたのだ、と笑うが、

「そうはいいますが旦那。あれは本当に化け物が出てきたんじゃありませんかい？」

「まさかそんなことがあるはずない、と申していたのは、親分ではないか」

「それはそうなんですが」

「うまくやられたものだなぁ」

「そうなんですかねぇ」

不服そうな弥市を千太郎は相手にせず、

「兆右衛門さん。明日は寮に案内してもらおうか」

「はい、承知いたしました」

まだ、腰をふらふらさせながら、兆右衛門が答えた。

今日はとにかく驚くことばかりが起きたので、早めに寝たいという。

千太郎と弥市は山城屋から退散した。

夜の通りに出ると、しんしんとした春の夜風が、犬の遠吠えとともに、流れている。

今日は半月だから、月からの明かりはそれなりにあった。広小路は、すでに人通りは消えている。

ときどき、夜回りが提灯をふらふらさせながら通り過ぎていくだけだ。大川の水が

いつもより臭気を放っているように感じられるのは、まだ秀蓮坊の術にはまっているからだろうか、と弥市は、ぶるんと体を震わせる。

「ところで旦那。となりの部屋からでは、兆右衛門がなにを見たのかわからねぇんですが、旦那は見たんですかい？」

「同じものを見たかどうかはわからぬが、だいたい想像はつく」

「あっしはさっぱりですよ」

「鳥越で秀蓮坊が消えた手妻をあばいた親分ともあろう人が、それでは情けないのぉ」

「そういわれましても」

「まぁよい。とにかく明日は兆右衛門の寮に行ってみよう」

「なにがあるんです？」

「ふふふ」

いやらしく千太郎は笑うだけである。

それから、千太郎は片岡屋で待っていた由布姫に、耳打ちをする。

「まぁ、そんなことを？」

「すぐ集めてほしい。雪さんならできるはずだからねぇ」

「お抱えがいますから、朝飯前です。いまからすぐに……」

よろしく頼む、と千太郎は頭を下げ、由布姫が立ち上がった後ろ姿に、笑みを浮かべた。その顔は悪戯小僧が、楽しいおもちゃを見つけて、遊ぼうとしているときの目つきに似ていた。


根津の寮は、茅葺きの屋根に、広い庭がある大きな造りだった。家の前の通りは、田舎道そのものだが、屋敷内に入ると、そこだけが別の作り物のなかに入ったようだった。

「贅《ぜい》をこらしてますねぇ」

門こそ造られていないが、格子戸にしても、障子の桟にしても、刺繡《ししゅう》のような柄《がら》が彫られていて、ちょっと見、御殿のようである。

「これだけ金をもっているとしたら、狙われてもしょうがねぇ」

うらやましそうな目つきで、弥市が呟く。

だが、千太郎の興味は別なところにあるようだった。

三和土《たたき》から上がると、そこに八畳の板の間があった。真ん中にいろりが切られていて、自在鉤がぶら下がっている。

「秀蓮坊はまた、同じ刻限に来るのかな？」

「そのようです」

「三日後にしてもらいたい」

「わかりました……」

「それにしても、あの野郎はよほど百両が欲しいらしいぜ」

弥市は、どうしても秀蓮坊のことが嫌いらしい。その割には、術を本気にしているところが矛盾《むじゅん》している。

千太郎を出迎えた兆右衛門は、一度、おかしなものを見せられて、ここでも同じようなことが起きるのかと思うと、気が気ではなさそうだ。

「千太郎さま、ここにも化け物がいるのでしょうか」

「もちろんだ」

「えぇ！」

「秀蓮坊が来るところ、必ず、風雲が巻き起こる」

「風雲ですか？」

「化け物が雲を呼び、雨を降らすだろう」

「三日後、ここでですか？」

「そうならぬことを祈るのだな」

同情する気もないのだろう、千太郎は、庭をうろうろし始めた。弥市と兆右衛門は、なにを探しているのか、という目つきだが、

「あの人の考えることはさっぱりわからねぇが、なにか目的があるのは確かなのだ。だから、心配するな」

「心配はしてません。危惧しているのです」

「どこが違うんだい」

「さぁ、私にもよくわかりません」

兆右衛門のいうことも、よくわからない、と弥市は、首を振った。

七

三日後——。

約束の刻限になり、秀蓮坊が例によって、なにやら厳《いかめ》しい顔つきでやってきた。

千太郎のいいつけで、駕籠を出したので、それに乗ってきたのだ。だが、そこに千太

郎の策があるとは誰も思わないだろう。

もちろん、秀蓮坊が気がつくはずがない。千太郎が兆右衛門の後ろについているとは夢にも考えたことはないだろう。

そもそも千太郎の存在すら知らないはずだ。

刻限になると、秀蓮坊が前回と同じ行動を取る。折りたたみ式の台を置き、護摩のような物を焚き始めたとき、

「あ……」

座っていた兆右衛門が、また驚きの声を上げる。

例によって、敷いている黒布に変化はないが、後ろからおかしな音が聞こえてきたからだ。

だが、前回と違ったのは、秀蓮坊が振り向いたことだった。

怪訝な目つきで、庭のほうを見ている。

一度、なにかを確かめるようにしてから、また呪文を語り始めた、そのときだった。

黒布のところに、おかしな影が浮かびあがった。だが、前回とはまた異なる影の形である。

「な、なんだ……」

慌てているのは、兆右衛門より秀蓮坊であった。さらに、布の影だけではなく、本当の化け物が、そちこちから、わらわらと湧いて出てきたではないか。

「く……く、くそ！」

立ち上がった秀蓮坊は、

「邪魔をするのは何者！」

術をかけるどころではなくなったらしい。

兆右衛門は、すでに気を失っている。

「誰だ！　邪魔する者は出てこい」

その声に、すすすっと大きな傘を差した化け物が秀蓮坊の前に進み出た。

「誰だ、お前は」

ふふっふふ、くぐもった声が傘の下から聞こえてくる。やがて、さぁっと傘が飛んだ。

そこにあった顔は、まぎれもなく千太郎！

「誰だ、お前は」

「姓は千、名は太郎。悪事の目利きだ」

「なにぃ？」

「とんでもないからくりを使って、金持ちを騙して金を取るとは不届き千万。成敗してくれる」

「やかましい!」

秀蓮坊は、腰に差した小刀を抜いて、飛びかかってきた。

「おっと……そんな腕ではやめておいたほうがよいぞ。騙りの腕より悪いらしい」

さぁっと体《たい》を躱して、とんと鳩尾《みぞおち》を突くと、秀蓮坊は息を詰まらせて、その場に蹲《うずくま》る。

「どうして、こんなばかなことをしようと考えたのだ。事によっては、話を聞かぬものではないぞ」

どこか威厳と気品のある千太郎の佇まいに、秀蓮坊は観念したのか、きっかけは、旅役者のときに遡り、女を助けたい一心からだ、と涙まじりに語り始めたのであった。

そっと後ろに座ったのは、小坊主の兼行である。

話が終わったときには、由布姫もそばに来ている。その姿は猫娘だ。

どろどろと音をさせたり、おかしな化け物の姿で、寮のなかを練《ね》り歩いていたのは、千太郎に頼まれた由布姫が、自分の屋敷お抱えの役者たちを使った姿だったのである。

まさか、自分たち以外の者が、化け物を演じるとは思っていなかった秀蓮坊が慌てたのは当然のことであった。

秀蓮坊の話を聞いた由布姫は、すっかり同情している。

「よし、わかった……」

頷いた千太郎は、助けてあげてもよいが、条件がある、と持ち出したのは、

「いままで、騙り取った金子《きんす》はどうした」

「まだ、貯めてあります」

「それを全員に戻すこと。それができなければ山之宿の親分に、捕縛してもらう」

「あ……はい。もちろん、悪気があってやったことではありませんので」

「ばかもの！　お前がやったことは十分、騙りであり、詐欺ではないか！　悪気はなかったとはなにごと！」

「へへぇ……」

小坊主の兼行は、どうしたらいいのかわからないという顔をしている。

「兼行というか。お前はどうしてこの秀蓮坊を手伝っておる」

秀蓮坊の美鈴という女に対する気持ちに感動したこと、半三郎という男に憤りを感じたから、などを告白した。

「よし、それなら、もう一度手伝ってもらおう」

兼行の顔がうれしそうに、ぱっと明るくなった。


それから五日後のことであった。

どこで見つけてきたものか、山城屋の寮に、役者たちが揃っていた。中山半三郎一座という者たちだった。呼んだのは、もちろん山城屋である。

大きな庭に簡易の舞台を造ってある。春の風に包まれているその舞台で、いま、娘が藤娘を踊っていた。

美鈴である。

艶《あで》やかな姿に似合わぬ、寂しそうな微笑みが、観客たちを魅了している。集まっている客は、近所の百姓や、山城屋が取引している贔屓の客たちなどだった。

それに混じって、千太郎や弥市、そして由布姫。さらには、なんと風邪が治った治右衛門の顔まで見えている。

「寒さはそろそろ消えていきましたからな」

そううそぶきながら、治右衛門は、座ったのである。

舞台の四方は真っ黒な筵だった。急ごしらえだから、これで勘弁してくれ、という

兆右衛門の言葉に、半三郎は、三白眼《さんぱくがん》の目を平べったくさせて、

「いえいえ、こうして百両で呼んでいただけるなんて、舞台などこれで十分でございます」

揉み手をせんばかりに、腰を折り続けているのだった。

やがて、舞台は曽我《そが》兄弟仇討ちの場面に変わっていた。

舞台が始まったのは、酉《とり》の刻を過ぎたあたりだったが、いまは、暮れ六つを前にして、周囲は暗くなり始めている。

曽我十郎《じゅうろう》、五郎《ごろう》の兄弟が仇の工藤祐経《くどうすけつね》を討とうとするまさにそのときであった。

どろどろどろどろ。

舞台からではなく、庭の中心あたりから、おかしな音が立ち登った。

舞台上で役者たちは、なにごとが起きたのか、という目つきである。演目にはない音だったらしい。

不安に襲われているのか、目が泳いでいる。

と――。

黄昏《たそがれ》に包まれた舞台の後ろに、なにやら、不思議な形が浮かび上がった。それは海入道のように見えた。

舞台上の役者たちは、怖がって芝居どころではない。

「逃げよう！」

曽我兄弟が浮き足立った。と、工藤祐経が、

「こら！　舞台にいるときはそこで死ね！」

逃げようとする兄弟に向けて叫んだ。

影だけだった海入道が、後ろの筵を跳ね上げて、どんと飛び出してきた。さすがの祐経も驚き腰が引ける。

工藤祐経役をやっているのは、座主の中山半三郎だった。

「な、なんだこれは！」

「座主！　逃げましょう！」

「馬鹿者！　これはまやかしだ。わしらが以前舞台にあげていた化け物芝居の一幕ではないか！」

その声で、曽我兄弟も気がついたらしい。お互い目を交わし合って、頷いている。

「誰がこんな悪戯を？」

祐経が、舞台の上で仁王立ちになり、観客のほうを見つめる。なにかの罠らしい、と気がついたのだ。

「なんの遺恨でこのような悪戯をするか！」

客たちを一喝する。

と、客たちは一斉に立ち上がり、ぞろぞろと、その場から離れ始めたのである。

予《あらかじ》めこのような約束になっていたらしい。

でなければ、これほど鮮やかに客が引けるはずがない。

舞台化粧そのままに、半三郎はじろりと人のいなくなったところに立っている千太郎に目線を飛ばしながら、舞台から降りて千太郎のそばまで進んだ。

ふっふふと千太郎はいつもとは異なり、ふてぶてしい笑みを浮かべて、

「やぁ、半三郎、久しぶりだなぁ」

「なんだって？」

「私を覚えているかな？」

「誰だい」

「世の中の悪事を目利きする、姓は千、名は太郎。人呼んで、目利きの千ちゃん」

「なにぃ？」

「知らぬかな？　聞いたことはないか。そうか、それは残念であった」

「なにをわけのわからぬことを」

「では、あれなる男なら知っておるであろう」

指差した先は舞台の袖。誰もいない。

すぐ半三郎は首を傾げ始めた。

いままで誰もいないはずのそこに、うっすらと影が生まれ始めたからである。さらにじっと見つめていると、その影がゆらゆらと揺れて、やがて人の形になり、

「あ！　てめぇは！」

それまでただのかげろうのような実態のないものが、人に変化《へんげ》していたのである。

影は、人となり舞台から降りてきた。

「てめぇ！」

「私のことは覚えていたらしい。久しぶりだなぁ、お富《とみ》さん、じゃねぇ、半三郎さん」

「てめぇは、秀丸じゃねぇか」

「いまは、秀蓮坊だ」

「なんだい、その妙なかっこうは。そうか、修験者か」

「美鈴さんをいただきにあがった」

「なんだと？　そうか千両できたんだな」

「それはない」

「じゃ、だめだ」

いつの間にか、秀蓮坊の後ろに美鈴らしい娘が進み出ていた。

「秀丸さん……」

「美鈴さん」

振り返った秀蓮坊は、懐かしそうに美鈴を見つめる。突然、周りが明るくなった。庭いっぱいの提灯でいまや昼のようである。

弥市と由布姫、お抱えの役者たちも手伝って、提灯に灯をつけたのだ。

「ふん、提灯の明かりと、影を使ってあんなまやかしを見せたのかい」

「では、行きましょう」

美鈴の手を取り、秀蓮坊はそこから立ち去ろうとした、そのとき、

「ふざけるな！」

半三郎が、腰の刀を抜いた。舞台用で刃引きされているとはいえ、それで叩かれたら、骨は砕ける。

斬れなくても、十分得物《えもの》として使える。

「やめておけ、けがをするぞ」

一歩前に出て、千太郎が諭したが、それで下がるような半三郎ではない。わめきながら、ぐるんぐるんと刀を振り回し、千太郎に打ちかかった。

寸の間で見切りながら外し、千太郎は、機を見て懐に飛び込んだ。

「うるさいから眠っていなさい」

半三郎一座の役者たちは、黙って見ているだけである。秀丸が出てきたときから、美鈴に味方をしているらしい。普段から半三郎の横暴さに閉口《へいこう》していたのだろう。

「さぁ、いまのうちに」

千太郎に促されて、秀蓮坊こと秀丸は美鈴を見てから、

「千太郎さま……なんと申したらいいのか」

「よけいなことをいわずともよい。半三郎の目が覚めたらまた面倒なことになる、早く行け」

「はい……」

そういって、弥市がどこにいるのか探しているようだった。

「親分のことなら心配はいらぬ。いま、提灯の係で右往左往しておる」

「はい」

「美鈴さんとやら」

はい、と撫で肩できゃしゃな娘が前に出た。

「この男はな、美鈴さんのために、悪事まで働こうとしたのだ」

「まぁ」

「ところが、私のおかげで改心したから、こうやっていまここにいる」

「はい」

「私のおかげだぞ」

「はい」

「この私、姓は千、名は……」

冗談のつもりで何度も念を押しているのだが、美鈴は恐縮しきりで、なにをいっても、はいとしか返事がない。

苦笑いしながら、千太郎は、もういいから早く行け、と手を振った。それが合図だったように、提灯の灯が、ひとつずつ消えていった。

数個だけ残った灯りで、お互いの顔がようやく見える程度になったとき、

「ご迷惑をおかけしました」

秀丸が頭を下げて、これを、と千太郎になにやら、書付のようなものを渡し、次に美鈴の手を引いた。

「さぁ、行きましょう」

「はい」

ふたりの姿が提灯の灯りのなかから、闇のなかへと、消えていった。

「さぁ、すべて舞台もいまのうちに壊せ」

「壊してしまうんですかい？」

提灯係をやっていた弥市と由布姫が驚きの声を上げる。そばに突っ立っているのは、海坊主役をやった兼行だ。

「そのほうが、面白いではないか。半三郎が起きたときには、なにもなくなっていて、そこに兆右衛門が、他人の敷地でなにをしているか、と非難する。どうだ」

「どんな効果があるものですかねぇ」

笑ったのは、由布姫だったが、さっと手を上げると、それまでどこにいたものか、ばらばらと十人ほど人が出てきて、舞台を壊し始めた。

「さすが、本職。慣れたものだな」

感心する千太郎に、弥市はまた手柄を逃してしまった、と不服をいう。

「あ！　それに、集めた金を返してもらうのを忘れましたぜ」

「心配はいらぬ。ここにある」

さきほど、秀丸から渡された書付を開いて、弥市に見せた。そこには、感謝のことばと一緒に、金の隠し場所が書かれてあった。

「こういうことなら、しょうがねぇ」

いつの間にか、舞台があった場所はまっさらになっている。

「さて、親分。帰るとするか」

「へぇ」

「どうした」

「帰りは、やはり提灯を使いますかねぇ」

「それは当たり前だろう。こんな夜道、提灯がなければ帰れぬ」

しかし、弥市はぶつぶついい始める。

「どうしたのだ」

「もう、提灯係はこりごりです」

「わっははは、提灯怖いか！」

月明かりとわずかな提灯の灯りのなかに、千太郎の馬鹿笑いが響き渡っている。

第四話　夜泣き道祖神

一

まめちゃんがまた泣いている。

お道《みち》は、角《かど》に立っている道祖神の顔が可愛いので、まめちゃんと呼んでいた。

そのまめちゃんが、また夜泣きをしている、と目を覚ました。

すでに、子《ね》の刻は過ぎているのではないか。こんな刻限にどうして、道祖神さまが泣くのだろう？

お腹でも空かせているのだろうか？

昨日は、ご飯を持っていった。リンゴも置いてきた。

それでもまだ足りないのかもしれない。

自分だって、一日のご飯の量を考えたら、前を通る人たちや、町の人たちを守るには、足りないのかもしれない。

明日は、もっとたくさんご飯を持っていこう。

お道は、町を守っている道祖神がなんとか、心休らかにいられるように、祈る。

一度目が覚めてしまったら、なかなか眠ることができず、どうしたらまめちゃんが笑うことができるだろうか、と考える。

ご飯をたくさんあげるのは、ひとつの方法だけど、それだけではいけないのだろう。だから、また泣いているのだ。

そうだ、首になにか巻いてあげよう。

そうすれば、寒くない。桜が咲き始めたとはいえ、まだ、なんとなく肌寒い日がある。あの泣き声は、寒くて助けてくれ、と叫んでいるのかもしれない。

そう考えたら、お道はいても立ってもいられなくなった。

十二歳の子どもだけど、お道は独りで寝ている。そっと蒲団から体を起こすと、部屋の周囲を見回した。

小さな箪笥に目をやると、そこの一番上にある小さな引き出しを開け、風呂敷を取り出して、袂に押し込んだ。

耳を澄まして、となりの部屋の様子を窺った。そこには、父親が寝ている。いびきが聞こえているのは、父親、新兵衛《しんべえ》だ。

母親は、いない。お道を産んだ後、産後の肥立ちが悪かったのか、三ヶ月後に亡くなった。

だから、お道は母の味を知らない。

寂しい気持ちはある。手習いの師匠のところに行くと、ときどき母親の話題が出る。皆の会話に参加できないのは、とても寂しいけど、それを父の新兵衛に話したことはなかった。困る顔を見るのがつらいからだ。

お道の家は日本橋の本町《ほんちょう》にある間口六間の薬屋だ。

薬の調合だけではなく、父の新兵衛は骨接《ほねつ》ぎの仕事もしていて、いつも大勢の人がいる。

弟子に伍八《ごはち》がいて、将来は自分も骨接ぎになりたいという十九歳。新兵衛と伍八は店とは異なる入り口から患者を受け入れる。

どちらの戸口から出ようか、とお道は考えた。

表店から出るのは、大変だ。大戸が降りているし、潜り戸は自分の力では開くことができるかどうかわからない。

それなら、骨接ぎに使っている裏口のほうがたやすいのではないか。心張り棒をかけているだけだから、それを外《はず》したら外に出ることができる。

そろりそろりと廊下に出て、裏口に向かった。

いびきの響きが小さくなったけど、心配はいらなさそうだ。

裏口に出て、心張り棒を外す。

外は真っ暗だと思っていたけど、月の明かりで通りがうっすらと浮かんでいる。お向かいの屋根が黒く、並んで見えている。

屋根の上にふたつ黄色く光った目がこちらを見ている。となりの家が飼っている玉《たま》という猫だろう。

しばらくしたら、ふたつの光は消えて、移動していった。

同じように、お道も移動する。

まめちゃんがあるのは、日本橋から川沿いに少し、大根河岸《だいこんがし》に向かったところだ。お道の足でも、すぐのところだ。

普段は、ほとんど人の目には入らないような場所に立っている。高さもお道の膝半分くらいだから、誰も気にしないのだった。

いつの頃からここに立っているのか、知る者はいない。

一度、伍八をここに連れて来たことがある。だけど、

「なんでこんな小さな道祖神が気になるんだい？」

「雨や風があたって可哀想だから」

訴えても、まるで聞く耳は持ってくれなかった。

だから、まめちゃんを守るのは、自分しかいない、とお道は自分に言い聞かせているのだった。

夜道は怖いが、まめちゃんのためなら、我慢できる。夜風に体が震える。

それでも、お道は角にある道祖神の前に着いた。

周囲は、月の明かりだけ。

なぜか、まめちゃんは悲しそうな目をしているように見える。

「どうしたの？」

「…………」

当然、返事はない。

だけど、お道はそれでも語りかけた。

「寒いんでしょう。これをかけてあげるからね」

家から持ち出した風呂敷を、首から肩にかけた。

「これで冷たい風もしのぐことができたらいいわねぇ」

お道の気持ちが届いたのか、まめちゃんが、にこりと微笑んだように見えた。思わず、お道は息を呑む。

月の明かりが、切れていた雲から、少し顔を出したからだったらしい。それでも、まめちゃんが微笑んだことに、お道は喜んだ。

自分のしたことで、喜んでくれたなら、嬉しい。

と、そのときだった。

「あ！」

いきなり後ろから口を塞がれてしまったのである。

「きゃ！」

叫ぼうとして、その声も塞がれてしまい、声を出すことができなくなる。なにしろ、後ろから羽交い締めにされたのだから、逃げることもできない。

「静かに……」

耳の後ろから、気持ちの悪い声が聞こえてきた。酒を飲んでいるのか、臭くて吐き気がしそうだった。

「じっとしていたら、怪我はさせないから心配しなくていい」

また、囁きが聞こえた。

「だ、誰？」

ようやく訊くことができた。

「誰でもいいから、静かにな……」

羽交い締めの力が少し、緩くなったところで、お道は思い切って、足を後ろに飛ばしてみた。

だけど、空振りだった。

「そんなことはしないほうがいい。怪我をするだけだからねぇ」

声は、手習いの師匠と同じくらいの年齢のような雰囲気だった。もちろん、師匠ではない。師匠はもっと、明るい声だ。

夜だから暗い声を出しているのかと思って、

「お師匠さん？」

思い切って訊いてみた。

「なんだって？」

「誰なの？」

「そんなことはどうでもいいんだよ」

羽交い締めの力は緩くなったが、あっという間に手を後ろに持っていかれて、縄のようなもので縛られてしまった。

そのまま、後ろの男の肩に担がれて、お道はどこかに連れて行かれてしまったのであった……。

二

お花見の話がそろそろあちこちから聞かれるようになっていた。

まだ七分咲き程度だが、気の早い連中は、すでに三回、墨堤《ぼくてい》に行って桜を見てきたとか、飛鳥山《あすかやま》に行ってきたとか、話がどんどん進んでいる。

ここ、山下の片岡屋でも、花見に行こうかという話が湧いて出ていた。

例によって、弥市と由布姫が離れにある千太郎の部屋で、無駄話をしているところである。

庭にも一本、桜の木はあるが、日陰になっているのか、まだ五分咲き程度である。

それでも、弥市は、

「あぁ、桜はあまり好きじゃねぇんです」

皆の話題に遅れたくないというような顔をした。

「あらどうして？」

不思議そうな顔で、由布姫が訊いた。

「あまりにも早く散ってしまいますからねぇ。もっと長く咲いているのなら、いいかもしれませんが」

「ぱっと咲いてぱっと散る。それが桜のいいところではないか」

千太郎の言葉に、弥市は確かに、そうだといいながらも、

「それでも、あまり好きになれねぇなぁ」

十手をしごきながら、意見は変えない。

「まぁ、そんなことはどうでもいいんですがね」

「また事件かな？」

「まぁ、あっしが来たということは」

「女と揉めたという話ではないな」

「たまには、そんな話を持ち込んでみてぇもんですがねぇ」

「それは当分なさそうだな」

苦笑しながら、弥市はそのとおりだからしょうがねぇ、と半分ふてくされながら、

「そんなことより、話を聞いてくだせぇ」

「よかろう」

千太郎は、かすかに身じろぎして、弥市を見つめる。由布姫は、庭を見ている。花見をいつにしようかなどと考えているのかもしれない。

そんなふたりを交互に見ながら、

「子どもがかどわかされましてねぇ」

「それは困ったな」

あまり困った顔ではない。

それでも、弥市は続けた。


二日前のこと。弥市が、日本橋界隈を歩いているときだった。

このあたりは縄張りから離れているのだが、そんなことはいまはあまり気にならなくなっている。

山之宿の親分の名はあちこちで、通り始めているということもあった。また、例繰方に異動になったはいえ、同心、波村平四郎の顔が効いている。

手柄が増えている事実も裏にあった。土地の岡っ引きたちからも、一目《いちもく》おかれるようになっているのである。

日本橋本町を歩いているときだった。

「親分さん」

薬屋から白髪頭の男が出てきて、手招きをしている。

「なんだい」

横柄な態度を取るのは、十手持ちとして、相手を威嚇する気持ちがあるからだ。弥市もある意味わざと取る行動である。

「申し訳ありませんが……」

なかに入ってくれ、と目が囁いている。

これはなにか揉め事の話だな、と鼻が利いた。

薬屋の名前は、伊勢富《いせとみ》。主人は新兵衛といった。

いままで付き合いがあったわけではないが、十二歳になる娘がいる、と話は聞いていた。

その子の姿が消えたというのである。

神隠しにあったがごとく、突然、消えてしまった、というのであった。親子の仲が悪いわけではない。

もし、そうだとしても、家出をするほど思い切ったことができる娘ではない、と新兵衛は落胆した顔を見せる。

「子どもは親には見せねぇ顔を持っているもんだぜ」

「はぁ……そうはいいますが」

「まぁ、いいや。なにかいままでとは変わったことなどはなかったかい?」

「さぁ、私が見ている限りではそのようなことはなかったと思いますが」

新兵衛は、弟子の伍八にも訊いてみましょう、といった。新兵衛は、薬の調合とともに、骨接ぎも仕事にしているのだ、という。伍八はその弟子らしい。

伍八は若く、顔をてかてかさせた男だった。いままで、体の大きな人を相手にしていたので、汗が出ていたのだ、と言い訳をしながら、

「そういえば、一度、おかしなものが夜泣きをしている、といってましたが」

「なんだい、それは?」

「まめちゃんです」

「なんだって?」

「あぁ、お道さんが自分で名前をつけていたんですがね。大根河岸のほうに向かった角にある、小さな道祖神ですよ」

「地蔵さんかい」

「ちょっと違います」

「どこが違うんだ」

「地蔵さんは、私たちを救ってくれますが、道祖神は、道や町の安全を守ってくれているんですよ」

ふん、と弥市は興味がないらしい。

「とにかく、その道祖神にまめちゃんという名前をつけて、可愛がっていたんです」

「おかしな子どもだな」

「やさしいんですよ」

「そんなもんかい」

子どもとは縁がない、とでもいいたそうに、弥市は、話を変える。

「で、そのまめちゃんが消えたのかい」

「違いますって、お道さんがいなくなったんです。近所の者のなかには、道祖神が連れて行ったんではねぇか、なんてことをいう人がいますがねぇ」

「そんなことがあるもんか」

ただの石だろう、と弥市はいった。

「やはり神隠しでしょうか？」

新兵衛は、手を握ったり、開いたりと不安そうだ。伍八は、そばに寄って新兵衛の肩の周辺をトントンと叩いている。

ありがとういいながら、新兵衛は弥市に顔を向ける。

「親分、なんとか探し出してくれませんか」

「そらぁ、おめぇ、力は尽くすけどなぁ」

「よろしくお願いします」

伍八も一緒に頭を下げた。


伊勢富から離れた弥市は、その足で大根河岸のほうに向かった。お道が名前までつけていた道祖神とはどんなものか見たいと思ったからだ。

数町進むと、角に教えてもらわなければそのまま
やり過ごすような道祖神があった。

一見、地蔵のような形はしているが、確かによく見ると、顔に違いがあるような気がする。

首に朱色のよだれかけをしている。

風呂敷をそれに見立てたらしい。

これも、お道がやったのだろう、と伍八の言葉を思い出す。

前に行くと、周辺をうろうろしている男がいた。

「誰だ、おめぇさんは？」

十手は取り出さずに、小さな声で訊いた。

着流しで、ちょっと下腹のあたりに下げ気味に帯を締めて、草履ではなく、下駄を履いている。からんころんと音をさせながら、道祖神の周りを流しているのだ。

「あ……親分さんですか？」

澄んだ声だった。その目はどことなく、賢こそうな雰囲気を見せていて、弥市は少し怯《ひる》んだ。

「山之宿の弥市ってもんだ」

「あ……そうでございましたか、これはおみそれいたしました」

「それで、おめぇさんは？」

「申し遅れました。私は、お道ちゃんに手習いを教えている、文吾《ぶんご》というものでございます」

答え方も如才ない。

「その手習いの師匠がどうして、こんなところをうろついているんだい」

「お道ちゃんの姿が見えなくなった、という話を聞きましてね。それで、なにか手がかりでもないかと思いまして、はい」

「なにかい？　道祖神にその手がかりがあるとでも？　なにか知ってるんだな？」

「違います違います。そうではありません。お道ちゃんは、よくここに来て、このめちゃんと話をしていました。だから、なにか大事なことでも書き残してあるのではないか、とそう思っただけです」

「ほう……」

弥市は、文吾という男をじっと見つめる。賢いだけではなく、育ちの良さそうな雰囲気をも持っている男だった。

おそらく、二十歳を過ぎて真ん中あたりだろう。

「教えている場所は？」

「はい、そこの奥山から少し行った馬道《うまみち》の寺のはずれにある建物を借りています」

「お道とは、何年くらいの付き合いなんだ」

「さぁ、まだ一年と経っていないと思いますが……」

自分が始めてからもそのくらいだ、と答えた。

「お道と仲が良かった子どもはいたかい？」

そうですねぇ、と文吾は首を傾げながら、

「お道ちゃんは、どんな子どもとも仲良く遊んでいたと思います。特に誰か、ということはなかったはずですが……しいていえば、八百屋《やおや》の、五郎八《ごろはち》という子でしょうか」

「五郎八？」

「はい」

文吾は、誰かを探しているのか、周辺を見回しながら話を続ける。

「誰かと待ち合わせだったのかい？」

「いえ、そんなことはありません」

お道がひょいと出てこないかと思って、と言い訳をする。

そうかい、と弥市は答えて、

「で、おまえさんから見て、お道というのはどんな女の子だった？」

「やさしい子でしてねぇ。人の面倒を見るのが好きなのではないかと思われます。だから、道祖神がひっそりと立っているのを見て、なにか感じていたのかと思いますが」

「なるほど」

「で、なにか見つかったのか」

「いえ、置物とか書付とか、そのようなものがあったら調べの足しになるかと思ったものですが……」

「なかなか殊勝な心がけだ」

ありがとうございます、と文吾は、腰を曲げた。

「でも、なにも見つかりません」

いかにも残念そうに、目を伏せる。

「まぁ、いいだろう。なにか思い出したことでもあったら、教えてくれ」

「はい、あのお、山之宿のお住まいでようございますか？」

「あぁ、山下に片岡屋という店があるから、そちらにいる千太郎さんという方を探してもらおうか、たいていは、連絡がつくからな」

とうとう、千太郎を連絡係にしてしまった。

三

――衝撃が走った。

伊勢富の伍八が、新兵衛のところに、吹っ飛んできたのだ。

「なにがあったんです」

「大変です」

「どうしたんです、血相を変えて」

「まめちゃんが壊されています」

「なんだって？」

「道祖神です。お道ちゃんが大事にしていた道祖神です」

「壊されてしまったと？」

「はい。粉々《こなごな》になっています」

「どういうことですか」

「いま、弥市親分を呼びにいってますが」

新兵衛は、頷きながらもあたふたと、草履を履き、そばにいる番頭に後を頼んで、

「そこに連れて行きなさい」

はい、と伍八は転がるようにして、店を出た。

大根河岸の前にある道祖神は、確かに粉々に壊れていた。

「これは……」

まるで、そのへんに転がっている石ころが集まっているようになっていたのだ。

それを見た新兵衛は言葉を失う。

初めて見た道祖神だが、無残な姿は、見ていて気持ちのいいものではない。伍八も、呆然としているだけだ。

話を聞いて来たのか、文吾が突っ立っていた。

「師匠……」

「あぁ……新兵衛さん」

「どうしたんです、これはいったい」

「さぁ、昨夜のうちにこんなことになってしまったらしいのですが」

「誰がやったのです」

「いま弥市親分が来ますから」

調べてくれるのではないか、というが、新兵衛は、もっと違うことを考えていた。

「お道の手がかりが消えた……」

文吾はなんと答えたらいいのかわからぬ、と新兵衛を見つめてから、

「これから、手習いに子どもたちが来ますので」

そういって、そこから離れた。

伍八は、散乱した欠片《かけら》を拾い集めている。

そこに弥市が、身なりのよい侍と一緒にやってきた。もちろん千太郎である。

千太郎は、粉々になった道祖神を拾い集めている伍八のそばに寄り、

「どうだ、集まったかな」

「……いえ、全部かどうか」

「そうか、そうだろうなぁ。これは大変なことだからなぁ」

「あのぉ……」

「心配はいらぬ、お道はわたしが連れ戻す」

「はぁ……」

伍八は曖昧《あいまい》な返事をするしかない。

新兵衛が挨拶に行こうとするが、弥市が止めた。

「あのおかたは、あぁやって、なにかを考えているのだ。いま挨拶に行っても、ろくな返答はないから諦めろ」

「はぁ、そうですか……」

あちこちを見ていた千太郎が、弥市を呼んだ。なにかを考えついたらしい。

「親分……お道のほかにこのあたりに、子どもが住んでいるか調べてくれ」

「いや、子どもはたくさんいますが」

「そうか……ならば、お道と一緒に学んでいる手習いの師匠のところに行こう」

「さっき戻りました」

「ほい」

弥市から、文吾についてはすでに報告を受けている。

「そうか、ならば後でよい」

「それにしても、誰がこんなことを？」

「神隠しを止めたいと思った親がやったということも考えられるぞ」

ぼそりと千太郎が呟いた。

「あぁ、なるほど……」

この道祖神を可愛がっていたお道が神隠しにあったという噂は拡がっているはずだ。

それを聞いた親が、邪魔だと壊すのは考えられないことではない。

「これも、おそらく夜中の出来事でしょう」

愚痴っぽく弥市が続けた。

ついでだから、と弥市はお道と仲がよかったという八百屋の息子を訪ねてみませんか、と千太郎を誘った。

大根河岸が近いせいもあり、このあたりは八百屋が多い。

「それはよいことだが、その前に文吾に会おう」

手習いを教えている寺は、馬道にある。周辺は、奥山とはまた異なった葭簀《よしず》張《ば》りの店が並んでいた。

それだけではなく、すぐそばには田園があるので、百姓家なども見えている。人の通りは奥山よりは少ない。

そんななかに、本照寺《ほんしょうじ》という寺があった。

大きくはないが、それなりに歴史ある寺のようだった。

住職はいまは出かけているとのことだった。

文吾がまるで、この寺を預かっているような雰囲気を醸し出している。

境内には誰もいない。

手習いの刻限が終わると、ほとんどの子どもたちは、家の手伝いなどに追われて、遊びにはこないらしい。

「子どもは遊びのなかから人との付き合いなどを知るんですけどねぇ」

自分を訪ねて来た千太郎の顔をまじまじと見ながら、しょうがないことですが、と

嘆くが、

「まぁ、親の手伝いで、覚えることもある」

千太郎が、断じた。

「はい、そう思っております」

「ところで、文吾さんは武士だな」

「は……」

「その物腰は、剣術を習っている者だ」

「あ……まぁ」

答えながら、しきりに千太郎を見つめて、首をかしげている。

「あのぉ」

「なんだ」

「以前、どこぞでお会いしてますでしょうか？」

「さぁなぁ。私のようなのっぺり顔はあちこちにおるでな」

がっはは、と笑った千太郎をまだ文吾は見つめている。

「なにか、文句でもあるのかい」

「いえ、そのようなことはありませんです」

「で、武士はやめたのかい？」

なぜか慌てる文吾に、弥市は目を細めた。その目は、なにかを狙う鷹の目だ。

「いや、まぁ、少々しくじりまして」

「勘当でも受けてしまったと？」

「そんなようなものです」

なるほど、と千太郎はそれ以上は追及しなかった。勘当させられる武家の男はけっこういるのだろう。

まずは文吾に案内させて、お道と仲が良かったという、八百屋の息子に会いに行くことにした。名前は、五郎八という。

「それにしても」

弥市が、呟いた。

「お道ちゃんは本当に神隠しにあったんですかねぇ」

「さぁ、どうだかな？」

「そんな噂があちこちに拡がってしまうと、お上《かみ》の力が馬鹿にされやしませんかい？」

「それはなかろう」

千太郎は、即座に否定する。

「それならいいのですが」

「なにを心配するのかな」

「神隠しをそれこそ隠れ蓑《みの》にして、悪さをする連中が増えてしまったのでは困る、と思いましてね」

「なるほど。さすが親分だ」

「まぜっかえしちゃいけませんや」

「そのときはそのときだ」

よくわからない答えで、弥市はそれ以上の会話はやめた。

近江屋《おうみや》という八百屋の前に着くと、文吾が五郎八はいるか、と店の前でぼんやりしていた女に訊いた。

母親なのだろう、裏を見ると、

「いままでいたんだけど、どこに行ったんだろう？」

「誰か訪ねて来たと？」

「さぁねぇ。そういえば、昨日あたりから、そわそわしているんだけど、師匠、一度叱ってくださいよ」

そういいながら、しのと名乗った五郎八の母親は、ちょっと見てきますといって、裏口のほうに向かった。

すぐ戻ってきて、またどこかに行ったようだ、と申し訳なさそうに、答えた。

「いま頃、行きそうな場所は？」

弥市が十手の先を懐から見せながら、問う。

「そうですねぇ、近所で子どもたちと遊んでいるかもしれませんねぇ」

「そこはどこだい」

「ちょっと行ったところにある、小高い森になっているところです」

「なにがあるんだ？」

「別に、ただ高いから下を見渡すことができます。富士山なども見えるので、このあたりでは、富士の丘と呼んでいます」

しかし、そこに行っても五郎八はいなかった。何人かは、子どもたちが走り回っていたが、

「五郎八は今日は来てないよ」

という答えである。

どこにいるか訊いたが、わからないという。

「ただ、最近おかしな男の人から頼まれたことがある、なんてぇことをいっていたから、その人のところじゃないかえ」

鼻垂れ小僧が答えた。

「その男の人とは？」

だが、誰も知らないと答えた。

お道のことについても、

「あまり遊んだことはねぇなぁ」

とたいして興味もなさそうだ。

服装などを見ても、木綿のよれよれの格好をした三人だから、大店の娘であるお道とはあまり接点がないのだろう。

五郎八がいないのでは、意味がない。

弥市は、どうするかと千太郎の顔を見ると、高台から江戸の町をじっと見つめている。

「どうしたんです？」

「いや、江戸という町はなかなか素晴らしいと思うてな」

「へぇ……」

「この町で暮らしている人たちは皆、自分たちの力を立派に使って生活をしている」

「はぁ」

「これが、理想の国造りであろうなぁ」

「あのぉ……」

「なんだ？」

「どこぞいっぱしのお殿様のようですねぇ」

「あぁ、人はいついかなるときに、どのようになるかわからぬからな。どんなときでも、備えが必要だ」

「殿さまになるというんですかい？」

呆れ顔で、弥市が問う。

「あはは。人の一寸先はわからぬ、といいたいだけだ」

「さいですか。あっしは一寸先が貧乏でさぁ」

その言葉に千太郎は、わっははと笑った。

文吾はふたりの会話についてこれないのか、ぼんやりしているだけだ。

「師匠、生まれは？」

弥市が問うと、文吾はなぜか慌てて、

「あ、江戸です」

「お旗本ですかい？」

「……まぁ、そんなようなものです」

あまり自分には触れてくれるな、という雰囲気だった。だが、そんなことで怯《ひる》む弥市ではない。

「次男坊とか、三男坊とか？」

「あまり私のことを詮索されても困ります」

「どうしてです？」

「家に迷惑がかかっては困るのです」

ははぁ……と弥市は合点顔をする。

「その顔は、女ですかい？」

「…………」

文吾は答えを拒否した。その否定も肯定もしない態度が、如実に返答を表している。

じっと聞いていた千太郎が、

「武家はいろいろあるでな」

その言葉で文吾は、安心したようだった。

かすかに、頭を下げて、

「あのぉ……千太郎さまと申されましたが。貴方様は、どのようなおかたでしょうか？　そのあたりにいるただの浪人とはちと趣が違うような気がするのですが」

「なに、ただの書画骨董、刀剣などの目利きだ。ときには、悪事の目利きもやるがなぁ……それは趣味だ」

「趣味？」

「そう、ただの趣味」

そういいながらも、千太郎の目は鋭く文吾を射る。思わず、文吾は目をそらせた。

「今日のところは、五郎八がいなければ仕方がない。戻ろう」

弥市は、なにか忘れたものがありそうだ、と呟きながらも、これじゃしょうがねぇ、と頷く。

そこに、千太郎がそっと寄って行き、耳打ちをする。弥市は、え？　という顔をしてから、十手の頭をぽんと叩いた。

四

それから二日後、伊勢富に脅迫状が舞い込んだ。お道を預かっているという内容だった。

呼ばれた千太郎は由布姫と一緒だった。

弥市はどこにいるのか、富士の丘で別れてから、姿が見えない。だが、千太郎はあまり気にしていないようだった。

「お道ちゃんは神隠しではなかったのですね」

由布姫が、喜んでいいのか、悲しんでいいのかわからない、という顔をする。神隠しなら、戻る当てはない。

だが、かどわかしなら、戻ってくる場合もあるだろう。ただし、殺されていなければ、だ。

「殺されてはおらぬよ」

あっさり千太郎が答えた。

「どうしてです?」

「うんむ……」

「また、だんまりですか？」

「いや、そうではないのだが」

「では、教えてください。本当は、この神隠しの裏に気がついているのではありませんか？」

だから、脅迫状が来ても、あまり慌てていないのだろう、と由布姫はいいたいらしい。

「まだ、はっきりしていないことがある。それを弥市親分が調べてきてくれると思うのでな。それから詳しく答えよう」

「私にもいえないのですか？」

「いえますよ」

「では、早く」

「ここで？」

ふたりは、山下から奥山に行く途中である。

広小路に入ったばかりで、人はそれほどでもないが、先を見ると、浅草寺の屋根や五重塔が見えている。

「ここでいえといわれてもねぇ」

「なんです、それは」

「では……ちとこちらへ」

期待の顔で、由布姫はそっと千太郎に近づくと、

「では、いいます」

耳元で、千太郎はなにやら囁いた。

「ま、な、なんですこんなところで！」

「ですから、ここでいうのかと訊きました」

「そんな話をしてくれと頼んだわけではありません」

「そうであったかなぁ」

あははと、悪戯っぽい顔で笑う千太郎に、由布姫は後ろから、背中を突くのであった。

伊勢富に着くと、すぐ奥の部屋に案内されて、新兵衛が神妙な顔で、脅迫状を千太郎に見せた。

内容は、単純だった。

ただ、三十両を持ってこい、と書かれてあるだけで、いつ、どこに持っていけばいいのか、なにも書かれていない。

「なんだか、これは子どもが書いたような内容ですねぇ」

由布姫が、ばかにする。

「そうかもしれぬな」

「そうなんですか？」

新兵衛が、本気にした。だが、千太郎はそんなことはない、と簡単に否定する。筆の手が大人だというのだった。

いかに千太郎といえども、これだけでは、どうしたらいいのか、まるで手札が足りない。それを助けたのは伍八だった。

「この紙は、広小路にある紙屋で売ってますよ」

「なにぃ？」

弥市が勢いづいた。

「ほら、透かしてみると、なにか見えます」

「あぁ……」

光に当てると、確かに、鳥が空を飛んでいるような図が隠されていた。

「これは鳳凰《ほうおう》だ」

千太郎が手に取って、いった。

「鳳凰？」

「唐の国にいるという鳥だが、架空の鳥とされていて、端鳥《ずいちょう》である。鳳凰の鳳が雄で、凰が雌だ」

「へぇ」

「餌は竹の実で、梧桐《ごとう》、つまりあおぎりともいうが、その木にしか止まらぬそうだ。飛ぶときは、雷も起きず、河も溢れず、草木も揺れぬというぞ」

「ははぁ……」

新兵衛にしても、伍八にしても、そんな話はどうでもいい。

「まぁ、そんなところだが。だが、この紙は、その店でしか売っていないというのかな？」

「紙屋ですからねぇ。いろんな紙を売っていますが、この透かしがあるのは、扇屋《おうぎや》というところです」

よし、と千太郎は立ち上がる。

風神雷神門から、大川橋に向かったところにある扇屋は間口が四間の店だった。主人の出身は下総だという。

下総という言葉に、千太郎と由布姫はどきりとするが、ふたりは素知らぬ振りで、

「ちと、ものを訪ねたい」

と訪いを乞うた。

はい、と店番が立ち上がり、千太郎を見つめて、怪訝な顔をする。まさか国許の若殿が目の前にいるとは思わないだろう。

「私がここの主人、佐治助《さじすけ》ですが」

「佐治助さんか……」

千太郎は、顔をはっきり見られないように、斜め前に立ち、この紙を売った相手を知りたいと訊いた。

内容は見られないように、その部分だけ隠して見せたのだが、

「あぁ、これは、奥山で仕事もせずに遊んでいる、茂蔵《しげぞう》という男に売った紙ですねえ」

「そこまでどうしてわかるのだ？」

「ここに、小さく番号が書かれています」

そういって、帳簿を開いてみせた。帳簿には、番号と売った日付、相手の名前など

が、並んでいる。

「なるほど、几帳面なものだ」

はい、と佐治助は頭を下げる。

「あのぉ、この紙がなにか？」

「いや、気にするな」

千太郎のいいかたに、なにか感じたのか、佐治助は、眉根を寄せた。すかさず千太郎は、話を変えるようなふりをして、

「では、邪魔をした」

さっさと店から通りに出てしまった。

慌てて、由布姫も外に出る。

「気がつかれましたか？」

「いや、似ていると思ったかもしれぬが……」

「まぁ、いいではありませんか」

「それは、また気楽ないいかた」

「千太郎さんの真似です」

「ほい、これはやられた」

笑いながら、歩いて行く後ろ姿を、佐治助は、なおも首をひねりながら見つめていた。

扇屋を離れてから、由布姫は千太郎にこれからどうするのか、と問いかけた。

「ふむ……一度、片岡屋に戻るとしよう」

「伊勢富の脅迫状は？」

「なに、あれは誰かの悪戯だ」

「どうしてそう思うんです？」

「金額だけしか書かれていない脅迫状など、あるものか」

「それはそうですが」

「あれは、なにか動きがあったときに、また考えたらいい。だがなぁ」

「なんです？」

「わからぬことがあるのだ」

「私には、全然、最初からすべてがわかりません」

その愚痴には答えず、千太郎は片岡屋に向かって進んで行く。

五

お道は、これからどうしたらいいのか、と考えていた。

自分がかどわかしにあった、とは思っていない。ただ、どこにいるのか、それが不安だった。

「おねぇさん……」

熱は下がったようだが、体はだるい。

毎日、お世話をしてくれるおねぇさんは、やさしいので困ることもない。ただ、このおねぇさんは、なにか悩みを抱えていると感じる。

「お腹が空きましたか？」

「いえ大丈夫」

おねぇさんは、額に手を当てて、

「熱は下がりましたね」

「はい」

「ごめんね、こんなことをして……」

「……なにか理由があるんでしょう？」

お道は答えながら、部屋を見渡してみた。ただの長屋ではないようだった。といって、武家屋敷でもない。

おそらくは、どこかの仕舞屋《しもたや》のようなところだろう、とお道は子ども心に想像する。それ以上に、自分がここに運ばれてきたことが、どういう理由なのか、それが解《げ》せない。

一度、どうしてか訊いたが、はっきりとした答えは返ってこなかった。なにか理由があるのはわかるのだが……。

「もう少ししたら、おうちに帰られるようにしてあげますからね。もう少し、もう少し待っててちょうだいね」

「今日は、男の人の声は聞こえません」

「あぁ……」

おねぇさんは、名前も教えてくれない。ときどき、男の人の声が聞こえてくることがあるけど、顔は見せない。

ただ、ふたりの間で言い合いをしている声を聞いたことはある。喧嘩とは違う、これからどうするか、というような内容だ。

「私が手伝ってあげましょうか？」

え？　という不審な目でお道を見る。

「どうして？」

「だって、前に男の人と言い合いしていたでしょう？　私がいるからでしょう。だったら、なにか手伝うことがあるかもしれないわ」

ほかになにか、問題が起きているのではないか、とお道は尋ねる。

「お道ちゃんだったわね」

「どうして私の名前を？」

「えぇ……知っているの」

答えになっていない。

だけど、お道はそれだけで納得してしまった。

ときどき、水の音が聞こえてくる。

あれは、大川の流れだろうか、とお道は耳を澄ます。おねぇさんは、じっとお道の顔を見て、

「もう少し、小さければねぇ」

と意味不明な言葉をときどき、吐いている。その理由は、もちろん教えてくれない。

私がもう少し、子どもだったら、なにがよかったのだろう。

考えたところで、解決できるものではないのは、お道も頭で理解しているが、いまのままではいけないとも気がついているのだ。

「おねぇさんはなにをしている人？」

「……ごめんね、なにも訊かないでほしいの」

「おにぃさんは、どんな人？」

「……それは、いい人よ。そして、私の大事な人なの」

「ふぅん？　祝言を挙げるの？」

「そうねぇ……本当はそうしたいと思っているんだけどねぇ。なかなか、両親が許してくれないのよ」

「お父つぁんと喧嘩してるの？」

そのお道の言葉に、名前も知らないおねぇさんは、顔を曇らせた。悲しそうな目を見て、お道もなんとなく、気がつく。

「ふたりの仲がだめなのね？」

「お道ちゃんは、頭がいいわね」

そういって、おねぇさんは、額に手を当てて、

「じゃ、なにかあったら呼んでね」

足下がはっきりしない立ち方で、部屋から出ていった。

これで、まめちゃんのところにいた、おにぃさんと、いまのおねぇさんが、なにか問題を抱えていることがはっきりした。

お道は、ふたりの間のことで、自分が利用されそうになったと考えた。

——あのふたりは私になにをしてもらいたかったの？

考えてもわかるものではない。

だけど、このままではやはり、気持ちが悪いとお道は、胸をさすった。

あのとき、まめちゃんが泣いていたのは、確かなこと。寒いのだろう、と首巻きを持って行ってやろうとしたところまでは、しっかり覚えている。

そして、耳元でなにかをささやかれ、そのまま担がれて、どこかに連れて来られた。途中で驚いて、気を失ってしまった。

なにも覚えていないのは、そのためだった。

がたん、と戸が開かれる音が聞こえた。

くぐもった男の人の声がする。おねぇさんと話をしているのだろう。ふたりは何者？　なにをやろうとしているの？

危害を受ける心配はないとしても、お道は、不安な日をまた続けることになりそうだった。

千太郎と由布姫が、扇屋から片岡屋に戻ると、弥市が待っていた。

手持ち無沙汰に、十手を磨いている。

「桜見物はどうでしたい？」

「誰が桜など見てきたというた？」

「いや、私がそう思っただけでして」

「そんなことより、頼んだことはどうであったかな？」

「はぁ……さすが旦那ですねぇ。あの文吾という男は、なにか隠していますよ。で、後をつけたんですが、なかなか尻尾を出しません」

「あら、文吾さんがなにか？」

ふたりの会話に、由布姫が怪訝な目つきをする。

「いや、あっしもよくわからねぇんですが、千太郎の旦那に、どんな男か調べろ、といわれたものでして」

文吾の住まいは、大川橋のすぐ袂にある、材木町だった。弥市が近辺を洗ってみると、家は、以前御家人が住んでいたところらしい。といっても、二部屋しかないので、大勢が暮らしていたとは思えない造りだった。

ひとり暮らしなら、問題はないだろうが、家賃は長屋とは比較にならないほど高額だ。そんな金子《きんす》をどこから稼いでいるのか、と弥市は疑問に思う。

近所でもそれは同じらしい。

手習いの師匠はそれほど実入りがあるわけではない。だから、誰かの後ろ盾があるのではないか、というのがもっぱらだった。

板塀に囲まれているので、なかはどのようになっているのか、外からは見えない。

噂では、ここ数日、文吾はあまり外に出ていないという。寺と住まいとの往復だけを繰り返しているらしい。

しかし、そこで、弥市はおかしな噂を聞いた。文吾のところに、娘が泊まり込んでいるような気配がある、というのだ。

文吾は独り者である。

娘が出入りしてもおかしくはないだろうが、

「あれは、普通じゃない」

と近所の長屋の女房連が目配せをしたのだ。

どういうことか、と弥市が問うと、

「文吾さんは、普段は明るく、楽しい人なんだけどねぇ、近頃、沈んでいるように見えるんだ」

また、ほかの女房は、

「確かいい旗本の出のはずだけど、両親が決めた祝言の相手が嫌で、家を飛び出した、ということでしたよ」

さらに、

「好きな人がいてねぇ、その相手が、父親とは犬猿の仲で、許さないといわれたとか……」

そんな話をどこで聞いてきたものやら、弥市は、本当かと確かめると、

「一度、文吾さんを探しに来た人がいて、そんな話をしていったんだ」

なんとも口の軽い奴だ、と弥市は苦笑する。

しばらく、弥市は、文吾の家を見張ることにしたのだが、そこに娘がいるかどうか、はっきりしたことは調べがつかなかった。

六

伊勢富に、とうとう金を持って来い、という文が来た。

新兵衛は弥市に、どうしたらいいのか、と相談したのだが、弥市は千太郎に意見を伺った。

そして、いま一緒に伊勢富を訪ねているのである。

千太郎は、文を見ながら、しきりに首を傾げている。弥市が、どうかしたのか、と問うと、

「じつにずさんだ」

とひとことというと、

「一応、この場所に持って行ってみるか」

「金を渡すんですかい？」

「来るかどうか……」

「来ないと？」

「さぁなぁ」

まるで、鵺《ぬえ》を相手にしているようだ。手に触れるものがまるでない返答に、弥市だけではなく、新兵衛も困り顔をする。

「見てみろ。金を持って来い、というのは、今日だ。それも、暮六つだという。場所は、浅草寺五重塔前」

「それがなにか？」

「およそ、本気で金がほしいと願ってるようには見えないではないか？」

「そうですかねぇ。あっしは、人が多くいるほうが、金の受け渡しに危険はねぇからだ、と踏んだんですが」

「そういう考え方もあるかもしれぬがなぁ」

「違いますか？」

「まぁ、三十両ならすぐ用意できるし、すぐ持ってこいというのは、八丁堀などに、相談をする暇がない、ということも……」

弥市と新兵衛は、引かなかった。

そうか、と否定はせずに千太郎は、新兵衛に自分だけで行けと告げる。ひとりでですか、と新兵衛は、困った目を弥市に向けた。

「じゃ、親分が一緒に行くか」

「そのほうがいいんじゃありませんかねぇ」

わかった、では自分も一緒に行こう、とようやく千太郎も腰を上げる。

それでも、あまり気合が入っているようには感じられない。弥市は、ぶつぶついっている。

「ところで……」

千太郎は弥市に声をかけた。

「文吾の件ですね」

「どこの誰であった？」

「どうやら旗本の次男坊のようです。ですが、長男の体が弱くて、文吾さんが後継ぎになる予定だったということのようです」

「それがどうして、手習いの師匠などに？」

「へぇ、後を継がせるために、親がそれなりの家の嫁を探してきたらしいんですがね、それが気に入らねぇと不服を言い立てました」

「なるほど」

祝言に関しては千太郎もあまり他人のことをあれこれいえない。

「そこで、怒った親は、勘当したとのことで」

「それは、確かな話か」

「へぇ、近所の嫁連中の噂話だったんですが、一応、波村さまにも調べていただきました。住まいの家賃はどうやら、母親が隠れて渡しているようです」

「おう、波平さんか。元気かな」

「文吾さんの苗字は、片平《かたひら》といいまして、旗本、千八百石のお家らしいです。父親は、片平与十郎《よじゆうろう》といい、番方《ばんかた》の組頭《くみがしら》を勤めているそうです」

「たまには、波平さんと会いたいものだが」

「ですから、けっこうな家柄だと思いますよ」

「なるほど」

ようやく、千太郎は頷き、

「では、その文吾が好きな娘はどこの家なのだ」

「それが、三百石の御納戸役の娘といいますから、父親が反対するのはもっとも、というところでしょうかねぇ」

「ふぅむ。そんなことで、祝言が邪魔をされてしまうのか」

「武家なんてぇのは、そんなものでして」

口に出して、弥市はしまった、という顔をする。千太郎も武士に違いない。

だが、本人はなにか思案しているふうで、弥市の言葉は聞いていなかったらしい。

「そうか……だが、どうして？」

呟いた千太郎に、弥市がなんのことですか、と目で問う。

「ううむ」

相変わらず、ひとりで考えているようだ。

旦那……と声をかけられても、千太郎は、指を顎に載せて、思案を続けるうち、よし、と膝を芝居のように叩いた。

そのとき、新兵衛がそばによってきて、

「千太郎さま……そろそろ約束の場所ですが」

「そうか」

なるほど、気がつくとそろそろ浅草寺の前であった。約束の場所は、五重塔の前である。

暮六つとはいえ、このあたりは人が大勢歩いているために、そのうちの誰が、金を取りに来た者なのか、さっぱり判断はつかない。

だが、千太郎はやはり、ぼうっとしているだけで、人探しをしようとも思っていないらしい。

「旦那……」

ん？ と惚けた顔を見せる千太郎に、弥市はちっと舌打ちをしながら、

「もう少し真面目にやってくだせぇ」

「私はいたって真面目である」

「そうですかねぇ」

「間違いない」

「まぁ、いいですから、これからどうしたらいいんです？」

「待てば海路の日和《ひより》あり、であるぞ」

「待ちすぎて転覆しそうでさぁ」

そんな惚けた会話に慣れない新兵衛は、気が気ではなさそうだ。そこで、千太郎は、
そっと耳のそばに口を寄せて、

「安心しろ、相手が襲ってくるようなことはない」

「どうしてわかるんです？」

「まぁ、黙って待っていればよい。もし、お前が怪我をしても、薬がいっぱいあるで
はないか」

「それとこれとは違います」

「骨がずれたら、伍八に施術してもらえば良い」

「ですから、そういう問題ではありません」

「あまり気にすると、禿げるぞ」

新兵衛は、はぁと気のない返事をするしかなかった。

そこに、子どもがやってきた。

「おや？　お前は……」

「金をくれ」

「なんだって？」

「金を持ってこいといわれたんだろう？」

「お前は八百屋の五郎八ではないか。どうしてこんなところにいるんだね？」

新兵衛は、五郎八の顔を知っているらしい。

「頼まれたんだ」

「誰に」

「知らないおっさんだ。文を届けたら、お道ちゃんを返してやる、といわれて、今度は、お道ちゃんのおとっつぁんから金をもらってこい、って」

ばまで駆け寄った。

「こんな嘘ついたら、おっかさんに叱られる」

新兵衛は、慌てて弥市の居場所を探した。その顔が真剣なのを見て、弥市はすぐそばまで駆け寄った。

「どうした」

「この八百屋のせがれが金を出せと」

「なんだと？」

五郎八は、悪びれずに手を出している。どうやら、連絡役をやらされているとは気がついていないらしい。

「お道ちゃんを返してもらうためには、金がいるんだ。それを持って帰らないと、おっさんに叱られるし、お道ちゃんが神隠しのままになるんだ」

その目つきに、嘘はなかった。

すぐ千太郎にいまの話を告げると、弥市は、五郎八の前にしゃがんで、

「いいか、しっかり聞くんだぞ。お道ちゃんを預かっていると、そのおっさんがいったのか」

うんと首を振って、

「だから、金をくれ」

手を出し続ける五郎八に、千太郎は、

「そのおっさんは、いまここに来ているのかな？」

「うん、あそこだよ」

着流しで、遊び人ふうの男が、逃げ出した。

弥市が、十手に縄をくっつけたまま、投げつけると、十手の先がその男の頭に当たった。

「親分、さすがだ！」

「腰を狙ったんでさぁ」

苦笑しながら、千太郎は倒れ込んでいる男のそばに行き、

「女の子はどこだ！」

詰問したが、知らねぇというばかり。

「やはりそうか。お前は、お道ちゃんが消えたという噂を利用しただけだな？」

「そ、そうだ……」

「脅迫状を突きつけたら、金を払うと思ったのか」

「そうだよ。俺はお道がどこにいるのか、そんなことは知らねぇよ！」

嘘をついている顔ではなかった。

「裏で、糸を引いている野郎はいねぇのかい！」

弥市の十手は今度は、腰に決まる。

「い、いてぇ……いねぇ、本当にいてぇよ、いねぇよ」

「どっちかひとつにしろい！」

弥市が叫んで、今度は肩を打ちつけた。

男は、それで、がくりと気を失った。

七

それから、千太郎の動きは素早かった。

ついてこいともなんともいわずに、駈けだした千太郎を、弥市は馬にでも乗りたい心境で追いかける。

どこに行くのかと思っていたら、

「文吾の家に案内せい」

まるで、戦国の武将が戦いに行くときのような、物言いで叫んだ。

「こっちです!」

弥市も、その気になって答えた。

ふたりは駆けた。

力の限り駆けながら、弥市が大きな声で訊いた。

「どうしたんです?」

「おそらく大丈夫だとは思うがな」

「へぇ」

「お道ちゃんを救い出すのだ」

「誰からです?　まさか文吾が?」

「おそらくそうだ。だが、その裏がわからぬ。だから、走っておる。いっときも早くしないとな」

「手遅れになると?」

「それはないと思うのだが、念のためだ」

「なにがなんだか、さっぱりわかりません」

「行けばわかる」

文吾の家の前に着くと、躊躇なく千太郎は戸を蹴破ってなかに入っていく。乱暴なと思いながらも、弥市も続いた。

どかどかと部屋の障子を開くと、女の子が寝ているところにぶつかった。すぐ、そばに座って、

「お道ちゃん？」

静かに問うと、女の子は、うんと頷いた。

「うちに帰ろう……」

抱き起こそうとすると、おねぇちゃんは、と訊いた。千太郎が不審な目をすると、戸が開いて、若い娘が入ってきた。

「あなたは？」

後ろに、文吾がいた。千太郎の顔を見ると、

「あ！　あなたは！　やはり！」

今日の千太郎は、春らしい空色の着流しだ。それに、ちょっと臙脂《えんじ》がかった羽織を着ている。

「その顔は……」

じっと見つめていると、

「よい、それ以上いわずともよい」

千太郎の声音が変わった。

文吾は、そこに跪《ひざまず》こうとする。それを制して、

「そういえば、おぬしの家はお目見得だったな」

「はい」

目で以前、お城で見かけていると訴えている。先に会ったときから気になっていたのだろう、誰か判明してすっきりした顔つきだ。

「なるほど、それはよい」

いきなり文吾のそばに寄って、耳打ちをする。すると、文吾は、畏まりながら、はい、と答えた。

弥市が、十手を突き出して、

「お道誘拐のかどで……」

いおうとしたときに、千太郎の手が十手の先を叩いて落とした。なにをするのか、という弥市の顔に、まぁまあ、と今度は手をひらひらさせる。

「親分、この件に関しては私に一任してもらいたい」

「へぇ？」

意味がわからず、弥市は口をへの字に曲げたままである。

「ここはふたりだけにしてもらいたい」

「な、なんですって？」

「この文吾の家は、こう見えても千八百石取りの旗本である。町方は手は出せぬであろう？　だから、お道ちゃんを連れて伊勢富に先に行っておいてもらいたい」

最後は、悪戯っぽい顔に戻っていた。

仕方がないと弥市は、じゃぁ、まかせます、と口を尖らせて、その場から消えていった。

「さて、片平文吾……」

「はい」

「それに、三江《みつえ》……」

ふたりは、跪いて頭を下げた。

「どうやら、私の正体を知ってるらしいのでな……これからは、内緒の話だ……」

それから十日ほど過ぎた片岡屋の離れ――。

由布姫が、不思議そうな顔をして、千太郎の顔を見つめている。文吾のことで訊きたいと思っているのだが、それについては、まったく話をしようとしないからだ。

「あの文吾さんはどうなったのです？」

寺の手習いは閉められたという。その理由は、文吾が旗本の家に戻って祝言を挙げ、さらに当主となるからだという噂だった。

祝言の相手の名は、三江というらしい。

どこぞの譜代の家が後ろ盾になり、そこの養女となったから、家格が邪魔をするということはなくなっていたとの噂でもある。

「千太郎さん。あれは、あなたが画策したことですね」

「はて、なんのことか」

「いいです、なにも教えてくれなければ。それより、お道ちゃんは、どういうことになっていたんです？　そのくらい教えてくれてもいいでしょうに」

「ふむ」

それなら、と千太郎が話し始めた。

お道が夜な夜な泣いていると思った道祖神の声は、石の穴による風の悪戯だったと後で判明した。

伊勢富が懇意にしている石屋が、粉々になった破片から、それらしき穴を見つけたらしい。

それに加えて、文吾と三江は道祖神のそばで密会をしていた。ときどき、三江が自分たちの境遇を嘆いて泣いていたという。

だから、それがお道の耳に入っていたこともあったのではないか。

お道があの夜、風呂敷を首巻きにしてあげようと出かけたときも、文吾と三江はあのそばで会っていたのである。

それを見つかったのか、と思って文吾は、勘違いをした。抱えてみると、思わぬ反撃にあい、担いだら気を失った。そのまま材木町の住まいまで連れて行った。

こんな夜中に、連れて来てしまったら、かどわかしと間違われても仕方がない。そこで、どうしたらいいのか、迷っている間に、お道が熱を出してしまった。

家に戻す機会を失ってしまったのである。

そのとき、三江はこの子を神隠しのまんまにしておいて、自分たちの子だといって、両親を説き伏せたらどうか、と誘った。

そんなことをすると、伊勢富が悲しむからできない、と文吾との間に言い争いが生まれたのである。それに、十二歳ではあまりに年齢を重ねすぎている。

「この子がもう少し小さな子だったら……」

三江はそういって、泣いた。

その声をお道が聞いていたのだった。

「へぇ、そういうことでしたか」

この話は、弥市を先に帰らせた後に聞いた内容だ。

「それからは、まぁ、ご想像のとおりですよ」

「つまりは、文吾さんと三江さんを一緒にしたい、と思ってのことですね」

「祝言を挙げたいと考えているふたりを離すのは、賛同できぬからなぁ」

「そうですねぇ」

しみじみとふたりは、顔を見合わせる。そこに、
渡り廊下のほうから声が聞こえた。その声には、どこか不機嫌と、怒りと期待が混じっている。

「旦那！　いますかい！」

「あ、弥市親分だ。今回はほとんど謎解きはせぬままに終わらせてしまったから、鼻息が荒いぞ」

「では、逃げますか？」

「そうしよう」

ふたりは、そっと庭に降りて、

「さぁ、ささやかな家出ですよ」

「夜逃げをしたり、家出をしたり、私は忙しい」

笑いながら、千太郎は庭木戸を開いて通りに出ると、さぁっと正真正銘、春の暖かい風が通り過ぎた。

「上野のお山にでも行きましょうか」

「私は、つきがあるな」

「あら、どうしてです？」

「ふたつの花見ができるからだ」

「まぁ？」

「ひとつは桜の花」

「もうひとつは？」

「もちろん、姫だ……」

また暖かい風が、ふたりだけを巻き付けるように、吹いていった。

時代小説

二見時代小説文庫

悪魔《あくま》の囁《ささや》き　夜逃《よに》げ若殿《わかとの》　捕物噺《とりものばなし》10

著者　聖《ひじり》　龍《りゅう》人《と》

発行所　株式会社　二見書房
東京都千代田区三崎町二－一八－一一
電話　〇三－三五一五－二三一一［営業］
〇三－三五一五－二三一三［編集］
振替　〇〇一七〇－四－二六三九

印刷　株式会社　堀内印刷所
製本　ナショナル製本協同組合

落丁・乱丁本はお取り替えいたします。
定価は、カバーに表示してあります。

 ISBN978－4－576－14022－3
http://www.futami.co.jp/

二見時代小説文庫

聖 龍人　夜逃げ若殿 捕物噺1〜10
浅黄 斑　無茶の勘兵衛日月録1〜17
　八丁堀・地蔵橋留書1〜2
麻倉 一矢　かぶき平八郎荒事始1〜2
井川 香四郎　とっくり官兵衛酔夢剣1〜3
　蔦屋でござる1
大久保 智弘　御庭番宰領1〜7
　火の砦 上・下
大谷 羊太郎　変化侍柳之介1〜2
沖田 正午　将棋士お香 事件帖1〜3
　陰聞き屋 十兵衛1〜4
風野 真知雄　大江戸定年組1〜7
喜安 幸夫　はぐれ同心 闇裁き1〜11
楠木 誠一郎　もぐら弦斎手控帳1〜3
倉阪鬼一郎　小料理のどか屋 人情帖1〜9
小杉 健治　栄次郎江戸暦1〜11
佐々木裕一　公家武者 松平信平1〜8
武田 櫂太郎　五城組裏三家秘帖1〜3

辻堂 魁　花川戸町自身番日記1〜2
花家 圭太郎　口入れ屋 人道楽帖1〜3
早見 俊　目安番こって牛征史郎1〜5
　居眠り同心 影御用1〜12
幡 大介　天下御免の信十郎1〜9
　大江戸三男事件帖1〜5
氷月 葵　公事宿 裏始末1〜2
藤 水名子　女剣士 美涼1〜2
　与力・仏の重蔵1
藤井 邦夫　柳橋の弥平次捕物噺1〜5
牧 秀彦　毘沙侍降魔剣1〜4
　八丁堀 裏十手1〜6
松乃 藍　つなぎの時蔵覚書1〜4
森 詠　忘れ草秘剣帖1〜4
　剣客相談人1〜10
森 真沙子　日本橋物語1〜10
　箱館奉行所始末1
吉田 雄亮　侠盗五人世直し帖1